九歌一〇九年童話選

平安相守

2020

黃秋芳 主編

九歌童話選

109

年度童話獎

施養慧

天字第一號情報員

九歌109年
童話選得獎感言

施養慧

童話是最浪漫的一種文類，不僅讓凡人上山下海，也讓人間成了有情世界；寫童話，就像玩著一個人的扮家家酒，讓我流連忘返，樂此不疲。

感謝指導過我的師長、編輯和出版社，以及每一位鼓勵我的朋友跟讀者，與支持我的家人。更感謝純真的孩童，他們讓這個世界充滿了希望。

今後我將秉著林良先生的〈駱駝〉精神：「只知道不停的往前走，從來不問，到了沒有？到了沒有？」繼續在自己的桃花源裡耕耘，期待這片小小的園地，能有萬物的姿態、情感的流動，與幸福的迴盪。

最後，我要將象徵守護的〈天字第一號情報員〉，送給從小就對我疼愛有加的大哥跟二哥。

109年童話選

目錄

卷一・愛與追尋

1 林佳儒——初雪 7
2 韓麗娟——月光 17
3 施養慧——天字第一號情報員 25
4 江福祐——派大叔的戀愛物語 33

卷二・溫暖陪伴

1 貓小小——太陽的金色別針 43
2 黃蕙君——幸運星 51
3 姜天陸——山蘇之歌 59
4 張友漁——怪獸與地球人 69

卷三・圓成缺憾

1 陳依雯——二次運球 79
2 陳昇群——偷帽子的浪豬 87

3 謝鴻文——地藏王菩薩玩捉迷藏 97
4 吳鳴——平安夜的鐘聲 105

卷四．平安守護

1 薩芙——當世界生病的時候 115
2 鄭宗弦——三位小天使 123
3 蔡淑媖——遇見愛 131
4 邱靖巧——雪狐小被被 139

主編的話：慢一點，少一點，靜一點——黃秋芳 147

一〇九年童話紀事——謝鴻文 整理 159

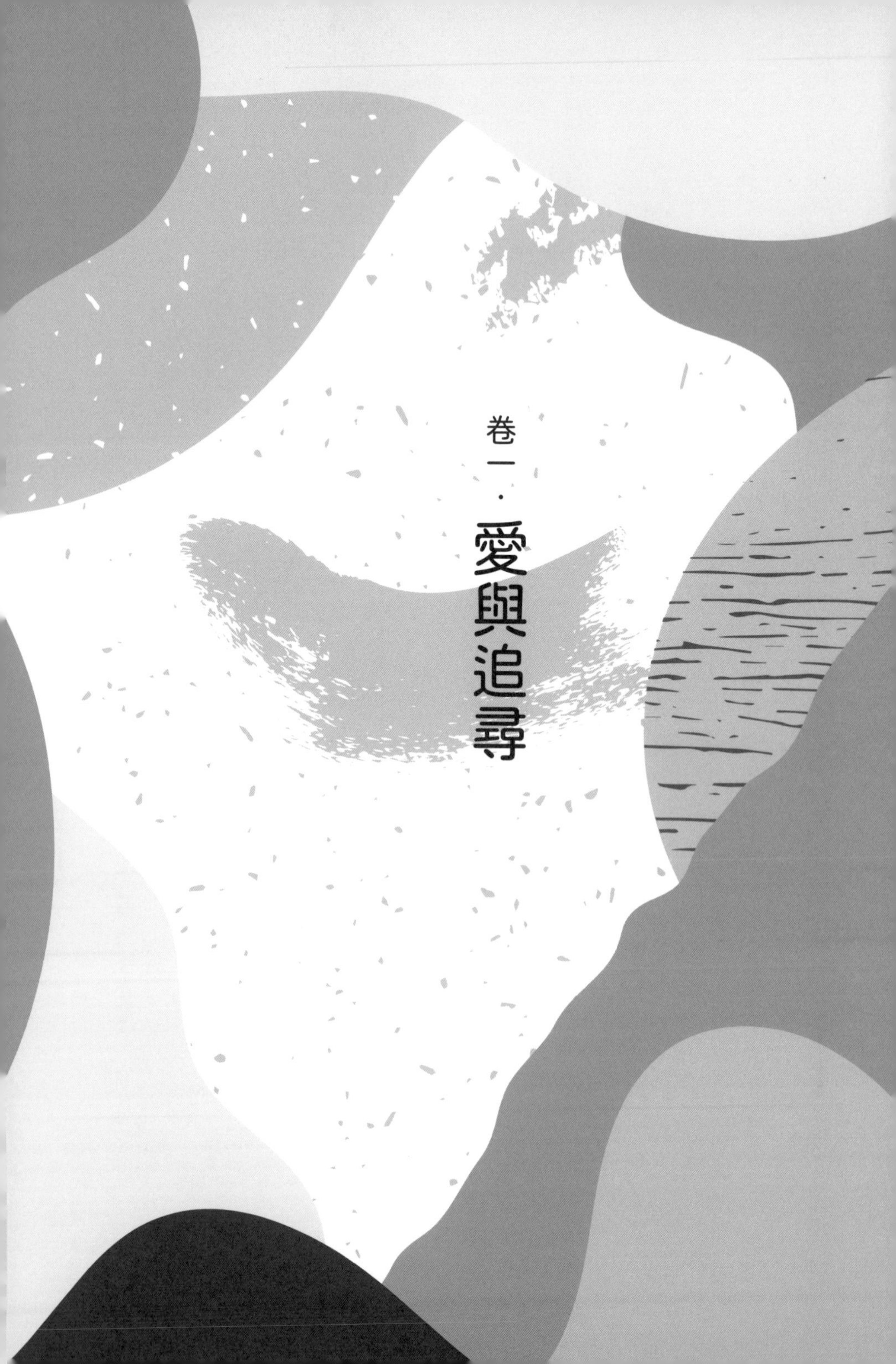

卷一・愛與追尋

初雪

林佳儒

插畫／劉彤渲

作者簡介

喜歡仰望星辰，看著星星對我眨眼睛，也喜歡大自然潑灑的彩霞，為不捨離去的白日，留下殷紅的記憶；凝望，讓我的思緒飛得好遠好遠，渲染了整片天空。

認為生命的體驗都是有意義的，愛，在敞開心的時刻，交融。

部落格：「飛梭，時光。」

http://mypaper.pchome.com.tw/theriverinmymind

童話觀

童話，讓想像成真，彷彿以手指輕輕碰觸，就能伸進空氣中隱微的透明邊界，來到其實一直存在的想像國度。

文字是時光機，在長大好久好久之後，依然能重新感受童心帶來的單純快樂。

遙遠的天邊亮起一抹奇特的光，雪花悄悄降落。動物們都沒發現。

「我——喔——我——！」公雞抬起頭大聲叫，「大家起床啦！」

「山的另一邊，樹葉都變白了。」老鷹從遙遠山頭飛來，收起翅膀，警告大家。

小鼴鼠從地洞鑽出，往上看：「樹葉是綠的。」

鴨子游過來：「池塘旁的樹還是綠的。」

長頸鹿吃葉子時，看到遠方的樹頂好像有點白白的，但牠不敢說。

第二天，「我——喔——我——！」公雞伸長脖子，「大家出門曬太陽囉！」

炎熱的夏天變得涼涼冷冷。小熊躲進媽媽懷裡，「唔，好冷喔。」

「對啊！有點冷。」兔子拉下長耳朵當圍巾。毛像瀑布一樣長的阿富汗獵犬甩甩頭髮說：「哪有冷？」

老鷹盤旋上空，「白色的樹」像染料一樣，染到了山林中間，天空飄下細細的雪。

第三天，公雞起床，準備拉開嗓子：「我…唔…我…唔！」發不出聲音。

動物們打開門，嚇了一大跳！地上鋪著厚厚的雪，所有的樹都變成白色的。猴子在樹梢跳來跳去，一不小心抓了一把葉子滑下來，大家深吸一口氣——「白色的葉子！」

「啊！我身上的綠色不見了！」孔雀驚慌失措看著開屏的藍羽毛。青蛙瞪大眼，一身白出現。山羊咬著一搓白草，鴨子從湖裡叼出一叢白水草……大家驚訝又害怕：「這是怎麼一回事呢？」

老鷹站在山頂，遠遠的天空變得灰暗。

第四天，紅色不見了。

第五天，橘色不見了……

害怕，在動物森林擴散。大家都怕自己失去原本的顏色，但是，每一天都有動物驚呼：「嗚，我變成白色了！」

天邊那抹奇特的光，每天都會亮起一次。

動物們不知道，可是老鷹看見了。

大地變得雪白，所有的東西只剩隱隱約約的輪廓。

「早知道，當初老鷹提醒我們的時候，我們小心一點。」

「但，就算知道葉子變白，我們又有什麼方法抵抗呢？」

消極和失望瀰漫了整個動物森林，直到猩猩開心的驚呼聲打醒大家。一群白色動物圍著一棵白色的樹，那棵樹，竟然有片葉子是綠的！

「那天……我好想念大樹喔，我抱著它說：『謝謝你以前的綠樹頂，讓我和朋友們在大太陽底下玩遊戲很涼爽。可是，現在你一定好冷。讓我抱抱你。』我抱著它，你們看——」猩猩指著樹梢：「葉子竟然從白色變成了淺綠色。」

「哇！顏色可以變回來！」

「可是要怎麼做呢？」

「大家試試看！什麼時候覺得心暖暖的，勇敢把愛和感謝說出來，也許會有幫助。」

「快樂的事也說說看！」

「安心的時刻也可以！」

兔子摟著烏龜的脖子：「上次賽跑，我跌倒腳受傷，你讓我坐在背上載我到終點，謝謝你！」

灰松鼠輕聲對褐松鼠說：「謝謝你上次把栗子讓給我。那顆栗子好甜好好吃。」

「耶！有兩棵樹出現綠葉子！」

「大家繼續！大家加油！」

綿羊輕觸花朵，溫柔說：「謝謝你的美麗，每天看到你，我都好開心！」

天鵝在堅硬的湖面上溜冰，滑出一張可愛的笑臉。牠低頭對湖說：「還滿意今天的神情嗎？你在我心中，很可愛喔！」

動物們紛紛說起以往不曾跟對方說的話，像是魔法棒揮過一樣，紅、橙、黃、綠、藍、靛、紫，通通回到動物森林，每隻動物興奮得嘰嘰喳喳說不停，心裡暖烘烘的，就連遠遠的鴨子、鼴鼠和阿富汗獵犬都受影響：「謝謝大家在我不以為然的時候，沒有跟我計較！」

小田鼠頂著小水桶開開心心跑著，牠要去澆水：「角落有顆小種子，是之前種下的，現在照顧，應該來得及長大吧？」

老鷹發現天邊又有一抹光亮了起來。牠飛向天空邊緣，發現天空怎麼有點半透明？外面好像有什麼？

天空外面，一雙大大的眼睛正望著裝滿小山丘、小動物的玻璃罐。那是一個男孩，正拿著手電筒照著罐裡的山林。他拿起玻璃罐的說明書：「愛和感激，帶來希

望。」

「好好玩喔！會變色的森林。」

「咦？老鷹，好像在看我？」男孩揉揉眼睛：「應該不是吧？牠不是模型嗎？」

老鷹在廣闊的天空翱翔，飛回山頂，繼續守護重回生機的大地。

——原載二〇二〇年三月二十日「平安相守，童話小燈」

編委的話

・徐丞妍：

全篇充滿愛與感謝，其中我最喜歡大家互相道謝的描繪，看完故事後，讓人了解「謝謝」可以成全一切。

• **張芸瑄：**

運用顏色做切入點，將人與人之間的溫情及關懷具象化，延伸出「世界有愛，世界繽紛璀璨」的可能。人物的情感鋪陳做得很到位，用真摯的對話突顯出人物的個性，而簡潔的文句也富含力量，讓人感觸頗深。

• **簡郁儒：**

全篇以白色來代表欠缺愛與感謝的世界，並設定讓小動物們自己想辦法找回愛。最後，結局裡的說明書內容，讓人不禁思考：如果有一天我們的世界也變成這樣，我們是否能像小動物們一樣敞開心胸、對彼此說出感謝的話呢？

• **黃秋芳：**

林佳儒不斷放大生活的可能，天地、四季、顏色、聲音、孩子、家……，以及腦子裡的千萬種胡思亂想，都在文字裡趨向圓滿。〈初雪〉如大難初臨，一天又一天，褪色的層次隨著警覺和鬆弛的緊密對照，從點擴散到面，渲染出最後收尾的逆轉，有現實的隱喻，也有純真的溫暖，最後男孩和玻璃罐，揭開懸念，真是巧思啊！瘟疫侵襲時無從察覺的全球，不也是一個小小的玻璃罐？

月光

韓麗娟

插畫／吳奕璠

作者簡介

畢業於中文系卻把寫作當心靈偶然的囈語。不太擅長應對現實世界，大部分活著的時光是在心靈的世界浮沉。辭去高中國文教職約三十年後，終於能做著最適性的一件事——讀夢帶領人，這是不斷超越邊界卻來到核心的歷程，在這裡與眾人最難言的痛苦與最奇幻的美麗相處，也正是在這裡，得以與諸神相遇。

童話觀

這是我所寫的第一篇童話，單薄到無法形成任何觀點，寫的時候就是回到自己的深處，去看看純真之心如何理解與人的關係及周遭發生的事情，彷彿內在柔軟的蚌殼，為了減輕異物入侵所造成的痛苦，就分泌珠母貝來包裹異物，隨著時間的增加，一層一層的珠母貝神奇的轉化為光彩的珍珠，童話，就是我吐出的第一顆珍珠。

月光仙子生下小童時，產房屋頂忽然破了一個洞，有一首歌從遙遠的天上傳過來，這首溫柔的歌，是星星們送給小童的禮物：「小寶貝呀！你是媽媽永遠的寶貝，媽媽的愛像潔白的月光，輕輕將你包圍，這一生啊！都陪著你，靜靜地陪。」

從此，每當月光仙子餵小童吃奶時，就會哼起這首歌。小童一邊聽、一邊吸吮媽媽的奶，很快就安心的睡著了，還常常閉著眼睛，做夢似地咧著嘴笑，不知道是不是天仙們正在逗著他玩？

不知過了多久，小童身上的幸福味道，飄進遙遠的黑暗洞穴，住在裡面的冷姨聞到後很不高興。她一直都很孤單，早就習慣洞穴裡面只有石頭，冷冷的，一點都不喜歡這種混和著體溫的香味，就利用月光仙子睡覺時，偷偷抱起小童，小童看到媽媽忽然變成一張恐怖的臉，長了利牙咆哮起來，一時都嚇呆了，不哭，也不說話。冷姨打開他的靈識，帶走他的意識珠。

月光仙子醒來後，發現小童的意識珠不見了，眼神僵固，怎麼叫都不會回應。她非常傷心，懊悔自己睡了這麼久，沒有好好照顧這孩子，只能下定決心：「放心！媽媽一定會找回你的意識珠。」

她翻山越嶺，手和腳都磨破皮流了血，卻一直找不到小童的意識珠。一年又一年，越來越疲倦，當她累得倒在草地上時，竟發現長在枯葉間晶瑩剔透的水晶藍，小小的碎花，帶著星點般的幽藍，是在天上時星星們最喜歡送她的小禮物。她深深被吸引，就沿著水晶藍出現的路徑走下去，穿過一條河流，到了一個寸草不生之地，只見一株水晶藍從裂縫中鑽出來，閃閃發亮。

月光仙子看著美麗的水晶藍，除了裂縫下的懸崖，四處都沒有路了。想起心愛的小童，不知道他是否平安？又想到自己千辛萬苦走到路的盡頭，卻還沒有找到解藥，不覺傷心得哭了起來，越哭越悲傷，一連哭了三天三夜，淚水流進裂縫，竟然形成一條地下之河，讓她順著河水漂流而下，居然被沖進冷姨的洞穴，她立刻就感受到小童的意識珠在這裡，她哀求冷姨還她，冷姨冷笑：「哪那麼簡單？除非你專心聽我的故事，三天三夜不能分心。」

月光仙子連忙點頭，安下心來專心地聽。冷姨說：「我生下來時，本來也住在天上，但因為長得不可愛，不討媽媽歡喜，有一天不小心從天上摔下來，媽媽卻沒有來找我，我又痛又餓又冷，哭著哭著，就從裂縫中跌到這個洞穴，這裡沒有其他的人，每天陪伴著我的只有無盡的黑暗和寒冷，我最討厭看到有媽媽愛的小孩了……」

冷姨想起這漫長歲月裡的孤單，越說越傷心，邊說邊哭，到最後沒法說話，只一個勁兒的哭，竟然就昏了過去。月光仙子很心疼，趕緊抱抱她，用最美的月光，為她織了一件像雲朵般柔軟的衣裳。冷姨在柔軟的擁抱中醒來，這是她從沒有過的經驗，她看著月光仙子，覺得被愛真好！原來，幸福的味道，其實並不是那麼讓人討厭。

她把小童的意識珠還給月光仙子，並且用魔法幫助她早點到家。當月光仙子回到家時，她的頭髮早已因為憂愁而變白，小童不認得她，說什麼也不肯讓媽媽靠近。

她又急又傷心，不自覺地唱起那首歌：「小寶貝呀！你是媽媽永遠的寶貝，媽媽的愛像潔白的月光，輕輕將你包圍，這一生啊！都陪伴著你，靜靜地陪。」

小童聽著聽著流下眼淚，媽媽輕輕摸著小童的頭，放回意識珠，小童像以前一樣安心地閉上眼睛睡著了。天一亮，小童重新有了精神，開心地說：「媽媽，我昏睡了太久太久，都不知道世界變成什麼樣子了！現在，我要趕緊出發去冒險。」

媽媽的眼神有點擔心，小童大聲笑著對她說：「媽媽請不要為我擔心，

我帶著你的愛，就算走到天涯海角，遇到任何困難，我都不怕。」

小童帶著媽媽為他準備的行囊，走向冒險的道路，一點都沒發現，天上正有一片潔白輕柔的月光，默默陪伴著他。

——原載二〇二〇年三月二十三日「平安相守，童話小燈」

編委的話

• 徐丞妍：

故事中的冷姨因為深受挫折而變得冷漠，經過月光仙子的安慰，總算敞開心胸。其實在生活上，我們也是一樣，只要願意說出來，所有的事都有機會，可以解決。

• 張芸瑄：

月光仙子為了小童跋山涉水，傷心得頭髮都花白了，為了尋找被冷姨奪走的意識珠，反射了母親為了愛子不辭辛勞的形象，最後更闡述了「被愛很幸福」的想法，讓人珍惜在我們身邊被認為理所當然的關愛。

•**簡郁儒：**

月光仙子以衣裳來代表溫柔，包住冷姨冰冷的心，讓她的心融化並感受到關懷。作者真正想表達的是：「我們都會有犯錯的時候，如何用適切的方式作修正」，確是值得省思的課題。

•**黃秋芳：**

冷冷的月光在無人參與的深夜，能夠割傷我們，本來是個祕密，讓我們脆弱無助時，只能藏著、蓋著，疼痛著祕密療傷。當月光仍然清冷純粹，而我們慢慢忘記了青春的絕美、人情的牽繫時，韓麗娟又直視冷月般的孤立、傷痛、失魂和分離，讓我們在白髮蒼蒼中，遺忘了曾經偎靠過的美好。幸好有月光的擁抱，讓我們相信所有的疼痛都是因為愛；幸好有一首歌，讓我們想起了一切。

天字第一號情報員

施養慧

插畫／吳嘉鴻

作者簡介

鹿港人，臺東大學兒童文學研究所畢業。
致力於童話創作，曾獲臺東大學兒童文學獎。已出版《小青》、《不出聲的悄悄話》、《338號養寵物》、《好骨怪成妖記》、《傑克，這真是太神奇了》；改寫作品《騎鵝歷險記》。

童話觀

童話是最浪漫的一種文類，不僅讓凡人上山下海，也讓人間成了有情世界。

「為什麼你要在七的前面加兩個零呢？」每當有人問007，他總回答：「這要問我大師兄，是他起的頭。」

「001」是「007」的大師兄，也是情報局裡最神祕的人物。他來無影去無蹤，就連007都沒見過他，沒有人知道，001會成為天字第一號情報員，全因為他膽小。

他從小就怕黑，走到哪裡都帶著兩把手電筒，連睡覺時也得開上兩盞燈。儘管如此，他依然沒有安全感，總覺得有人在跟蹤他，這種超乎常人的警覺性便成了情報員的必要條件。

五歲那一年，他終於見到了跟蹤他的人，而且還一次兩個。由於他長年處在光線下，不同的光線照出不同的影子，而且隨著光源的強弱，影子還深淺不一。日積月累下，身邊就跟著兩個影子，既然是自己的影子，那就沒什麼好怕的，誰不是一輩子都被自己的影子跟蹤呢？

從那天起，他就叫自己的影子「黑仔」跟「灰仔」，兩個小的也叫他一聲「阿光」，因為有光才有影。他們三個比兄弟更親密，比姊妹還貼心，而且永生相隨。每當阿光陷入苦思時，黑仔跟灰仔就會跟著移形換位，幫忙出主意；當阿光想出好點子，黑仔跟灰仔又會在後方擊掌；就連感冒時，黑仔跟灰仔也會一個負責咳嗽，一個負責流鼻涕。

當一切的苦難跟歡樂都有人分擔與共享，膽子就大了。他們不但是命運共同體，甚至還有一首主題曲叫〈守著陽光守著你〉。他們一起長大又形影不離，難免有吵架的時候。不過，只要有人吵架，另一個就會充當和事佬，任何的爭執很快就會平息，直到三人鬧翻的那一次……

為了喝咖啡要不要加糖，或是全糖跟半糖吵翻天，而且事關品味無法退讓，一氣之下竟然「啵！」一聲，分開了。他們僵在那裡，驚魂未定地看著彼此。

「忍你們很久了！別跟過來。」黑仔突然開嗆，說完，轉身就走。阿光大喊：

「呵！不知道誰才是跟屁蟲？」

「喂！你們不要這樣啦……」灰仔看著他們分道揚鑣的背影說。

「哼！從今天起我不再是別人的影子了，我就是我，黑仔！」

「再見！」阿光把手電筒扔進垃圾桶，拍了拍手說：「我再也不為你們打燈了！」

「說走就走，不跟你們好了……」灰仔孤伶伶地哭著。

阿光走著走著，想起了有一次黑仔跟灰仔聯手鬧他，在他的腰際搔癢，待他一轉頭，他倆就互相指著對方賊笑。結果玩笑越開越大，從搔癢到推肩，最後竟然輪流巴他的頭，唉，哪一次不是吵過就算了？他嘆了口氣，回去找手電筒。

黑仔走著走著，想起了總是在前面帶路的阿光，踩到狗屎的是他，撞到柱子的也是他。吃冰的時候，還不忘分我一口……灰仔這麼瘦弱……，想著想著便掉頭跑了起來。

「黑仔」、「阿光！」他們一碰面就牽起彼此的手，對著四周大喊：「灰仔、灰仔，你在哪裡？」

001

「都是我不好，」黑仔狠狠打了一下自己的耳光。

「唉唷！」阿光摸著臉說：「要打也不預告。算了，我也該打。」

「灰仔，灰仔……」黑仔跟阿光同步停下來，看著彼此點了一下頭，唱起：「守著陽光守著你……」沒多久，灰仔微弱的合音傳來：「守著陽光守著你……」

隔天，他們在太陽下發誓：「我們永不分離，除非這個世界沒有了光。」

他們學會了彼此包容，當黑仔愛上搏擊，其他兩個就陪他過招；灰仔喜歡發明東西，眼前就有兩個現成的實驗品；阿光喜歡擦古龍水，後面那兩個就得接受他的味道。至於咖啡怎麼喝，也有了解決方案。不加糖的阿光先喝，再來是喝半糖的灰仔，最後交給黑仔，他愛多甜就喝多甜。

為了測試彼此的默契，他們還在紙上寫下各自的夢想，結果「成為情報員」是他們共同的志願。再也沒有比這個更適合他們的工作了，只要一出門他們就背靠著背成防禦隊形；無論走到哪裡，黑仔跟灰仔也會一個掃、一個擦，抹去阿光的腳印。需要應對時，就讓風流倜儻的阿光出馬，打鬥場面由黑仔來，易容與武器則靠灰仔搞定。

阿光一個人當三個人用，又只領一份薪水，當情報局授予他一號情報員的殊榮時，他堅持在一的前面加兩個零，他說：「這次，我要讓黑仔跟灰仔排在前面。」

——原載二〇二〇年四月五日「平安相守，童話小燈」

編委的話

・徐丞妍：

007是大家都知道的人物，而001呢？成為一個新鮮的故事。阿光一直珍惜他的「影子朋友」，有了他們，大家像家人團聚，最後以單獨的1加兩個0，形成有趣的結尾。

・張芸瑄：

0往往給人一種不存在的錯覺，但在這裡，001的0卻代表對兩名既存在又不存在、如影子般的生命貴人，深刻的感謝。在我們的一生中也常受到幫助，那些恩人將一把明火遞給我們，我們再將它交給下一個人，這份理念微妙糾纏在人事變化中，別具巧思！

• 簡郁儒：

這是一篇很有趣的故事，作者巧妙地用影子來比喻和我們永不分離的朋友。同時，也提醒我們：和朋友相處的時候難免會爭執、吵架，但，如果彼此無法撇下面子低頭道歉，將會因而錯失一段珍貴的友誼、再也無法產生心靈的交流。

• 黃秋芳：

施養慧像遙遠時空的魔法師，鍛鑄「極為現代感、骨子裡卻依靠老靈魂支撐」的文字魔法。007情報員的節奏很緊湊，超現實001卻無縫接軌，自然注入古典的神祕師門、經典的光影辯證，忠誠和背叛的人性拉鋸，以及每一個人從小到大對於朋友的需求和競爭無止盡的磨合。手電筒的意象，凸顯出她在黑暗中「為自己點燈，剛好也照亮了別人」的安寧和自在；最後用黑仔跟灰仔排在前面的00，更襯出「1」的孤寂和圓滿。

派大叔的戀愛物語

江福祐

插畫／陳和凱

作者簡介

國民小學教師，語文、閱讀教育工作者，臺東師院語文教育學系畢業、兒童文學研究所碩士、博士班肄業，喜歡閱讀，好讀雜書，喜歡體驗人世間各種美好的吃、喝、玩、樂，看似玩世不恭但又認眞生活，常自稱是「塵世間迷途的小書僮」。

童話觀

「童話」雖然普遍被認為是寫給兒童看的作品，但是仔細研究童話的發展，其實「童話」眞正的讀者，或許應該是已經長大的成人，更精確地說，是隱藏在成人心中那個永遠不願意長大的兒童。每一個童話故事，都是一個虛與實、夢境與實境的人生。

派大叔走過擺滿選物販賣家的店家，遠遠地看到了機臺裡有幾個娃娃。他走近機臺，仔細端詳了幾秒鐘，機臺裡有卡比獸、皮卡丘、傑尼龜、蠟筆小新、頑皮豹……，還有幾隻叫不出名字的口袋怪物和公主娃娃，一時很傷腦筋，他真的很挑。

不是正版的娃娃，不要！

作工不夠精緻的娃娃，不要！

不是自己喜歡的娃娃，也不要！

他觀察了一分鐘，選中一隻中型卡比獸，距離洞口不太遠，以派大叔夾娃娃的功力，應該不用五十元就可以出貨。他決定就以這一隻卡比獸為目標，一掃近來整天被關在家裡躲肺炎的陰霾與鬱悶，立刻拿出零錢包，先用十元試試夾子的抓力以及爪子甩動的幅度，也順便試一試卡比獸有沒有被其他的娃娃卡住，十元硬幣投下去，中年派大叔握著搖桿，讓爪子前後左右地擺盪了幾下，最後一秒才按下按鈕讓爪子降下，爪子落在卡比獸的頭部，夾得似乎沒有很緊，很快就掉落下來，咦？竟然掉在比剛才離洞口更遠的地方。

「還是有機會，至少娃娃會移動，只要爪子可以移動它，都有機會。」派大叔很快又從零錢包拿出十元硬幣，繼續進攻卡比獸。但是，就好像小智不斷地丟出寶貝球一樣，中年派大叔對這隻卡比獸已經投了二十多個硬幣，這隻卡比獸似乎沒有中年派大叔想像中的容易出貨，幾次滾到洞口邊，就是沒掉出洞口，還有幾次掉到夾子只能碰到但又夾不到的地方。

十幾分鐘過後，卡比獸竟又滾回了原來的地方，保持原來的姿勢，卡比獸臉上露出的笑容，竟然就像是在嘲笑派大叔一樣。派大叔夾娃娃功力頗負盛名，除了早年練功之外，幾時為了一隻娃娃花了超過二百多還夾不到？這下子，卡比獸真的惹火派大叔了！零錢包裡的零錢已經用盡，派大叔火速從皮夾中抽出兩張百元鈔，立刻在兌幣機換了二十個硬幣。

派大叔發火了！加強火力，繼續進攻卡比獸。但是，卡比獸似乎被下了魔咒一般，繼續用笑臉嘲笑著中年派大叔，旁邊許多娃娃被夾子翻來翻去、打來打去，也都換了位置，但是就沒有一隻娃娃願意滾出來，結束中年派大叔的夢魘。

終於，二十個硬幣只剩下最後一個了，眼看卡比獸仍在不容易出貨的艙位上，中年派大叔決定要結束這一場惡夢，他憤怒地投下最後一個硬幣，也不再瞄準卡比獸，隨意地轉動搖桿，直到時間倒數完畢，讓爪子自動落下。爪子擺盪的幅度很大，下爪後繞過那隻嘲笑中年派大叔的卡比獸，落在後面的公主娃娃身上，爪子並沒有確實抓緊公主娃娃，而是勾到了公主娃娃的雷射標籤吊牌，派大叔看著公主娃娃連著一條細線，這樣搖搖晃晃被勾出洞口，就像夢一樣。

派大叔心不甘情不願地把公主娃娃帶回家，和其他娃娃一起擺在床頭櫃上。當天晚上，派大叔做了個夢，夢到娃娃會說話，就像玩具總動員裡的娃娃一樣。在夢裡，公主娃娃對著中年派大叔說話了，她說：「你以為是你在挑選你要的娃娃嗎？才不是

呢！其實是我們娃娃們在挑選主人呢！卡比獸一點都不喜歡你，所以才千方百計地躲過你的爪子，就是不想跟你回家。而我一眼就喜歡上你，才把握最後一次機會，一定，一定要跟上你。」

這個水藍色的娃娃，可是娃娃界中超有名的公主，名字叫做「ELSA」。派大叔不知道自己是醒著、還是繼續睡著，反覆只聽到聲音斷斷續續……

不是善良的主人，我不要！

不夠堅持的主人，我不要！

不是自己喜歡的主人，我也不要！

——原載二〇二〇年三月三十日「平安相守，童話小燈」

編委的話

・徐丞妍：

讓人印象最深刻的是，在派大叔睡夢中，ELSA說出的話，就像《哈利波特》選魔杖一樣，最後是魔杖選人，而不是人選魔杖，我們要珍惜「被選」。

・張芸瑄：

利用一個夾娃娃事件，引出人生的執著和失落。想得到卡比獸，無奈在錢掏空後想夾到的沒夾到、倒夾到了ELSA，就像生活中的人們，總嘗試為理想奮鬥卻又一次次失敗，只有不放棄的人才有機會看到曙光：因為現實是機會在選擇人。

・簡郁儒：

「娃娃」是很常被挑選來書寫的角色，但「會自己選擇主人的娃娃」是我第一次看到的奇特選材！作者讓主角透過夢境來了解到娃娃內心，讓我們了解，每個人都有自由選擇的權利。

• **黃秋芳：**

江福祐在現實界是個負責的老師、完美的丈夫和忠誠的朋友；沉入意識界時，不安的文字魂浮滾在生活的每一個介面，看起來很認真又很耍廢，很親民又很精英，很嚴謹又很自在。這麼難以界定的視野，走進童話，當然不會只看見動物、小孩和老人。派大叔不是作者，是所有追尋又落空的共相；ELSA也不是冰雪奇緣，是平凡人間裡微薄的願望。當中年大叔都成了童話，這世間還有什麼夢想不可能實現？

卷二・溫暖陪伴

太陽的金色別針

貓小小

插畫／蘇力卡

作者簡介

寫過劇本，編輯過一些有趣的童書。出版有《沒有公雞怎麼辦》（第四屆香港豐子愷圖畫書獎入圍）、《搭便車》（107年兒童文化館邀募繪本年度選書、第40次中小學生優良課外讀物）、《我才不要剪頭髮！》（入圍2020年臺北國際書展大獎）。

童話觀

什麼樣的故事是好故事？什麼樣的故事會討人喜歡呢？一開始在創作的時候總是有很多擔心，但後來發現，只要寫得開心，作者的心意也能好好傳達。童話不只是送給小孩，也是送給自己和所有喜歡故事的大人最棒的禮物。

太陽有個金色的別針，晚上收在床邊的小盒子。每天早上，他小心翼翼拿出來，哈一口氣在別針上，用力擦得亮晶晶，這才別在高高的帽子上出門，別針發出的光芒，照亮了每一個黑暗的角落，帶來美好的一天。

可這天早晨，太陽遲遲沒有出門。

忽然被風喚醒的雲朵，眼睛都還睜不開呢！便急急忙忙換上灰色衣服，照著平常排練好的陰天隊形，把天空密密麻麻遮住。發生什麼事啦？今天不是應該大晴天嗎？天空氣象局的局長親自拜訪太陽家，門鈴響了好久，才終於聽到腳步聲。太陽睡過頭了嗎？門一打開，局長來不及說話，眼睛紅通通的太陽已經哭喪著臉：「我當不了大家的太陽啦！」

金色別針不見了。

日子一天天過去，太陽依舊想不起任何線索。畢竟他每天要去那麼多地方，誰知道是在哪一個國家哪一個城市哪一條街道掉的呀？天空氣象局的局長也跟著愁眉

苦臉，再這樣下去，沒有太陽，每天都是陰天，不然就是雨天，誰還需要氣象局？

「不然……減少白天的時間，延長晚上吧。」局長左思右想，最後下了結論。聽到要減少休息時間，小星星吵吵鬧鬧著，藍色的星星搶先發言：「太誇張啦！不過就是一個別針，有必要這樣？」

「雖然我不是金色，但也會發光，不如讓我代替那個別針的位置？」紅色星星提議，白色的星星點點頭表示贊同，月亮打了個哈欠，繼續打瞌睡。

「好吧，就先讓紅色星星試試吧！」局長打電話給太陽，告訴他：沒有別的辦法了。太陽卻說不行。不是顏色的問題，而是因為太陽帽子上還有好多其他的別針。太陽說：「每一個別針都有自己的位置，有剛剛好的大小、剛剛好的角度。不是想換誰就能換。」這下可難倒局長了，畢竟太陽的光芒那麼亮，平常就算瞇著眼睛也只看得到一團光，誰會知道他那頂帽子上的別針還有這麼大的學問。

唉。這下完了。

局長悶悶不樂的回家，悶悶不樂的坐在沙發上，悶悶不樂地拿起桌上散落的零食。手上餅乾吃完又拿起一包巧克力豆，喀滋喀滋、喀滋喀滋，哎喲，好硬。他打開燈一看，巧克力豆竟然混了一顆鈕扣，奇怪，怎麼有鈕扣？揉揉眼睛，喔！零食旁放了一張畫，那是兒子的作品，用拼貼的方式創作了一張爸爸的臉，鈕扣是眼睛，看來沒黏好。該是父親節要到了，學校出了作業，一低頭，剪紙和剩下的材料還散落著沒有收拾。局長一邊碎念、一邊動手整理：「東西丟得亂糟糟。」

忽然靈光一閃，有沒有可能……

「叮咚叮咚！」大半夜的，太陽一開門，局長笑容滿面站在門口：「太陽，我來幫你打掃一下家裡，聽說家裡整整齊齊，心情會變好，煩惱的事情也會消失喔。」

太陽還來不及拒絕，局長就擠進門。牆上都是鏡子，每個鏡子都有像畫框一樣的邊框：有的裝飾著大大小小的貝殼、有的裝有窗簾一樣的布幕、有的還有LED燈一閃一閃，太陽神氣地介紹：「這些都是世界各地粉絲送我的禮物，讓我可以三百六十度欣賞我自己。」

他說完，哈哈大笑起來，瞬間把壞情緒都拋諸腦後。局長看向一個用紙黏土做的框，這個鏡子很特別，甚至可以說根本稱不上是鏡子。該是鏡面的地方，用的是烤箱用的錫箔紙，雖然也銀銀亮亮可以反光，但根本看不清楚臉嘛！他忍不住問：「這個框……？」

「這一個啊，是我兒子最近做給我的禮物。」仔細一看，邊框上還揑了一對滿臉笑容的太陽父子，其中一個戴了高高的帽子，帽子上……局長瞇著眼睛用力看，什麼都沒有。不可能啊！局長不放棄，屏住呼吸用力看，嗯……還是什麼都沒有。可是，那個沒戴帽子的太陽手上拿了一朵花，那朵花的花心雖然是白色的，卻從沒塗好色的縫隙中透出那麼一點點亮晶晶。太陽小心翼翼用手帕擦啊擦啊，蠟筆的顏色擦掉了，金色別針卸除了新的身分，再次閃耀出光芒。

兩人你看我、我看你，太陽尷尬地笑了：「這樣吧，我問問我爸爸能不能把他的舊別針借我，這一個，還是留在這兒吧。」

——原載二〇二〇年五月一日「平安相守，童話小燈」

編委的話

・**徐丞妍：**

真是個好玩的故事！喜歡故事中天空氣象局拜訪太陽的情節，哈哈！原來氣象局是這樣預報的呀！真有趣。

・**張芸瑄：**

不同於以往有關太陽的傳說故事，文中沒有勇士因太陽太多必須射日的奮鬥，卻有個氣象局局長和調皮兒子糊里糊塗將太陽的發光別針當作父親節禮物材料的片段。藉由生動的對話，突顯出角色的個性，使筆下人物讀起來更加妙趣橫生。

・**簡郁儒：**

人常會盲目地執著於某件事而渾然不覺，故事裡的太陽也是如此。這是一場笑鬧劇，因為別針最後竟然被太陽的兒子用在勞作裡。如果我化身為太陽，我猜，也只能苦笑而已！

• **黃秋芳：**

貓小小有一種淘氣的性格，特別適合「游於藝」。好不好玩，成為一種能量形態，遇到好玩的事，立刻電能飽滿，火力全開，要是在不好玩的世界裡待久了，很快就消了氣乾癟下來。這就是創作者的靈魂，所以，鏡子，畫框，貝殼，窗簾，小盒子，光帽子，紙黏土，別針花，彩色星星，巧克力豆混鈕扣，剪紙和美勞材料，爸爸的臉拼貼畫，一閃一閃的LED燈和太陽的金色別針，讀起來特別好玩！

幸運星

黃蕙君

插畫／吳奕璠

作者簡介

說故事，寫故事，聽故事，都是我最喜歡做的事。
〈幸運星〉是寫給所有等待愛的每一個小孩和大人，也許目眩神迷的「外面的世界」總是這麼吸引人，但是請記得，不論是守在我們身邊的「默默」，還是輕輕退出「成全」，才是最值得我們珍藏的「幸運」。

童話觀

童話之於我而言，是一種純粹，一如恆星，也許不是天空中最明亮的星子，卻是在我們成長、跌倒了、碰撞了、受傷了之後，還能微笑對自己說：「我會過得更好！」的勇氣。

「粉粉」是一雙胭脂色鑲著細鑽、圓頭粗跟、很可愛的娃娃鞋。巧芯小主人好喜歡她，總是穿著她陪媽媽上街，穿著她參加說故事比賽，還有穿著她上臺領獎。

「今天到底要去哪裡呢？」每天天一亮，粉粉就開始期待。最快樂的，當然是回到家，巧芯捧著她細心擦拭乾淨，也只有在這時刻，她們能面對面，好好把對方看清楚。粉粉好喜歡巧芯那雙圓圓亮亮的眼睛，而粉粉剛好就住在那雙眼睛裡；喜歡她紅撲撲的臉蛋，好像只要輕輕一掐，就會陷進軟軟的小酒窩；更喜歡她嫩嫩的小手輕撫過自己說：「呵呵！我的幸運星！」

暖呼呼，有一種被疼愛的感覺。這時候，粉粉會覺得自己是全世界最幸福的鞋子！

有一天，巧芯跟往常一樣，穿著粉粉陪媽媽出門逛街，因為媽媽說：「今天是巧芯的生日，要挑一雙漂亮的高跟鞋當作生日禮物！」巧芯高興極了！站在玻璃櫥窗前面，看了又看、挑了又挑，好不容易，終於選中一雙星星顏色、鞋頭上繫了星空蝴蝶結、蝴蝶結中間還鑲了一只小皇冠的高跟鞋，她立刻決定，明天早上，要穿著高跟鞋到學校參加三月份壽星的生日會，心裡很興奮：「大家一定會很羨慕我。」

巧芯嘴角變成一道彎彎的甜彩虹，完全沒有發現，腳上的粉粉心裡有些難過。回到家，她立刻動手整理鞋櫃，不但用抹布把整個櫃子擦過一遍，還把鞋櫃裡所有的鞋子拿出來

重新排列整齊，並且空出第二排最中間的位置，那是留給高跟鞋的，粉粉很著急，她大聲喊：「這是我的位置！是我的位置！我是粉粉，我在這裡！」

巧芯什麼聲音也沒聽見，只是專心地想把高跟鞋放好，接著脫下腳上的粉粉，放在高跟鞋旁邊。粉粉急著嚷：「欸欸欸！小主人！妳忘記把我擦乾淨了！」

話還沒說完，鞋櫃的門已經關上了。從那一天開始，巧芯除了上體育課的日子必須穿球鞋，其他時候都穿著高跟鞋出門，三月份的慶生會、兒童國標舞課程、姑姑婚禮上的表演和小花童彩排，所有的活動現場，都穿著高跟鞋像隻美麗花蝴蝶般開心穿梭，待在鞋櫃裡的粉粉，已經好幾天沒有陪巧芯一塊兒出門，每一天，除了發呆，就是在鞋櫃裡當衛兵管秩序，或是和其他鞋子玩點兵遊戲，日子好無聊啊！

這天，巧芯剛完成姑姑婚禮的小花童任務回到家，一張小臉紅通通，好可愛！她輕輕脫下高跟鞋，擺進鞋櫃第二排中間位置，又拉一拉鞋面上的蝴蝶結、再整一整小皇冠，才心滿意足的關上鞋櫃，壓根兒沒有注意到粉粉熱切關注的眼神。然後，粉粉開始嚎啕大哭。剛坐下的高跟鞋嚇一大跳，慌忙安慰她：「妳、妳這是怎麼了？別哭、別哭啊！」

「哇……巧芯真的忘記我，她忘記我了！」粉粉愈哭愈大聲，愈哭愈傷心。高跟鞋輕聲說：「知道嗎？巧芯不能一直穿著我，小孩子整天穿著高跟鞋，對腳的發育和成長都不好。我喜歡陪著她，卻不想害了她，你放心，我的工作結束了，以後，麻煩你陪巧芯上學，陪她上臺參加說故事，你是她的幸運星，要一直陪著她，陪很久很久喔！」

夜又多調了兩層墨，黑黑的、沉沉的，彎彎的檸檬黃月亮已經爬上樹梢，鞋子們早就「呼嚕呼嚕」睡著了，只剩下粉粉還在迷迷糊糊邊數小羊邊細細碎碎說著：「巧芯沒有忘記我，沒有忘……」

粉粉睡過了頭，直到第一千隻小羊在夢裡跳過柵欄，清晨的陽光一道接著一道穿過樹梢，忽然被巧芯的尖叫聲驚醒：「啊，我昨天忘了擦高跟鞋，怎麼沒注意到鞋跟斷了呢？怎麼辦？今天有說故事比賽啊！」

「沒關係，你還有粉粉啊！」媽媽替巧芯穿好鞋，粉粉只覺得太陽好亮，忙瞇起眼睛看媽媽揮手對她們說：「比賽，要加油喔！」

回頭往上看，巧芯肩膀上的麻花辮正左搖右擺的，就像在說再見。陽光一口氣灑落在整條小路上，胭脂色的鞋影一踩一踏、一踩一踏，正往學校跑去，歡笑織進風裡，仔細一聽，粉粉好像也聽見了高跟鞋的笑聲……

——原載二〇二〇年三月二十八日「平安相守，童話小燈」

編委的話

・徐丞妍：

一雙鞋，沒想到有情感，也有忌妒的心情，讓我們知道，再怎麼討人喜歡的人事物，還是有不好的一面，所以不應該因為沒人理而生氣。

‧張芸瑄：

每個人或多或少都有一點喜新厭舊，得到新的，便漸漸淡忘了舊的。透過粉粉的自白，我們循著不一樣的視角潛近一雙鞋的心聲，最終出現的意外轉折，讓生命回到最初——粉粉又能當女孩的幸運星，繼續守護她了。

‧簡郁儒：

全篇道出那些因為主人喜新厭舊而遭遺棄的物品的心聲。主角很幸運（就和這篇童話的篇名一樣），因為小孩穿高跟鞋會影響發育，再度被主人喜愛，也讓這篇童話最後有了美好的結局。

‧黃秋芳：

黃蕙君的童話看起來甜甜的，讓人不設防地讀著、讀著，到最後竟然都覺得酸酸的。彷如成長，從不曾許我們純粹美好的樣貌，讓我們在疼痛、遺憾中，割捨了這些、那些選擇，又不得不接受這樣、那樣的人生鋪排。這些躲不掉的酸苦，像生命寓言，總讓我們深思，是不是有足夠的豐美值得我們認真走下去？聽啊！這織進風裡的笑聲，有娃娃鞋簡單的歡喜，也有高跟鞋驚心動魄卻又甘心承受的心跳。

山蘇之歌

姜天陸

插畫／吳嘉鴻

作者簡介

臺南市下營區人，農家子弟，臺東大學兒文所畢業，國小校長退休。自認是一隻書蟲，喜歡反覆閱讀文學傑作，會崇拜傑出的作家。

童 話 觀

童話富有想像力、趣味與童心，它的故事性令人著迷，不論小孩或大人都能閱讀，更是親子共讀與討論的最佳文類。希望更多的人藉由童話，來享受文字與故事的美好。

這是一間透天厝的車庫，天花板的樑柱側邊，一對家燕忙著啣泥築巢，直到中午才停下來休息，燕子先生坐在巢口警戒，燕子太太在巢內閉目養神。外頭的太陽把烘爐開到最大，已經有日光偷偷溜進車庫，到處咬來咬去，把躺在鐵門角落的一個塑膠袋，咬得發出嘶嘶聲響。

「喂！我說，」燕子先生盯著那個塑膠袋：「能不能安靜一點？我要瞇一下眼。」

燕子先生覺得塑膠袋裡好像有東西動了一下，他再問：「喂！你還好吧！塑膠袋裡的東西？」

「燕子大哥，」灰白塑膠袋裡有微弱的聲音傳出來：「我是山蘇啊！」

「什麼？」

「山蘇——我一直喊你，你始終沒有聽到我的聲音。」

「你……什麼山？」

「我是山蘇。」

「山蘇？」燕子先生飛下巢來，繞著塑膠袋轉了幾圈，隱約看到袋裡有一片尖葉，警覺地問：「你不住在山上，怎麼會在這裡？」

「求你先幫我把塑膠袋口打開，我悶了很多天了，快沒氣了。」

燕子先生擔心是陷阱，他回頭看看已經在巢邊警戒的燕子太太，燕子太太點點頭，燕子先生才提起勇氣，小心地靠近塑膠袋口，將塑膠袋口啄開，果然看到一株小山蘇。小山蘇發出微弱的聲音向燕子先生求救：「我要渴死了，這個大太陽，快把我烤乾了。」

「喲呀！這可憐的小山蘇，先救她。」燕子太太馬上從巢沿啣下來一球濕泥，丟進小山蘇的根部，小山蘇張開細根抱緊泥球吸吮，還不時道謝。

「你先別說話，先吸水啊！」燕子夫妻啣來了十幾顆濕泥，丟給小山蘇，接著又出去啣回來幾片樹葉，給小山蘇遮陽。

一陣忙亂後，燕子夫妻看小山蘇有了精神，才停下來休息。

小山蘇這才說起自己的經歷：十幾天前，這戶人家從山上的岩壁將她摘下來，塞進塑膠袋，帶到這裡，卻丟在角落任由太陽烤曬。

燕子太太很好奇，小山蘇被包在塑膠袋內這麼多天，怎麼熬下來的？

小山蘇回：「在山上時，媽媽常常要我不能急，她還常哼歌給我聽，要我遇到困難時要記得哼歌，我這幾天就哼來哼去，想像媽媽的聲音陪著我，也許是這樣，我才有力量度過這些日子。」

「山蘇之歌啊？沒聽過。」燕子太太說。

「也不是什麼山蘇之歌啦！」小山蘇不好意思地說：「就媽媽亂哼亂唱的歌。」

燕子太太高興地說：「我們喜歡聽歌，每次麻雀或白頭翁唱歌，我們就會停下來聽，我倒是沒有聽過山蘇之歌，請你哼來聽聽吧！」說完，就和燕子先生挨近小山蘇要聽歌。

「你們不嫌棄，我就哼給你們聽囉！」小山蘇輕聲地哼了：

山蘇呦山蘇呼拉拉蘇，
細雨涼風，帶我漫步；
山蘇呦山蘇呼魯魯蘇，
有雲有霧，享受甘露；
山蘇呦山蘇花拉拉蘇，
蛇去蟲來，慢慢吞吐；
山蘇呦山蘇山山蘇蘇，
腐葉爛土，好日靜度。

「很像森林在低聲說話，」燕子太太點頭：「我的心也平靜下來了。」

燕子先生接著說：「可惜這裡沒有那些雲啊霧啊甘露的，但是，我們可以帶一些爛泥巴和葉片給你。」

幾天後，小山蘇的根部多了很多爛土，頭頂也有了一層枯葉遮陽。不過，她還是覺得既渴又熱。

黃昏時，這戶人家從外頭進門，媽媽發現這個塑膠袋，望了一眼，對身旁的男孩說：「我們忘了這袋山蘇，應該枯死了，明天倒垃圾時記得丟掉。」

小男孩抓抓頭，有點懊惱。爸爸有些無奈地說：「我還爬上山壁去挖這顆山蘇，結果咧——」

「我還活著。」小山蘇這時在喊叫。沒人聽到她的聲音。燕子先生忍不住飛下來，在塑膠袋上方繞飛，還不斷地喊叫，引起了媽媽注意，她停下腳步：「這燕子怎麼啦？平常很怕人的，今天還在我們面前表演飛行。」

爸爸也覺得奇怪：「對啊！他好像在繞塑膠袋飛，裡面有什麼嗎？」

小男孩跑去將塑膠袋打開，媽媽探頭來看：「誰把這些爛葉子丟進裡面？耶！山蘇還沒枯死，這麼久沒澆水她還活著。」

爸爸也湊來看：「本來說這山蘇的綠葉好看，結果都乾了，不好看了，丟掉！」

「留下來吧！大老遠從山上帶下來，就養看看。去拿水和花盆。」媽媽下令。小男孩去拿保特瓶裝水來了，高興地喊：「耶！還沒死。」

爸爸只好去拿花盆，嘴巴唸著：「這山蘇十幾天沒雨水，怎麼還能活著？」

一家人把小山蘇種入花盆，澆了水，移到木門前鞋櫃陰暗處，那裡離燕子的巢更近了。

入夜後，燕子先生和太太不斷地飛下巢來探望小山蘇，他們為了小山蘇有舒適的住處而高興，不停地對小山蘇講話。

只是小山蘇太累了，她吸夠了水，就昏睡過去。夢裡，小山蘇回到森林，森林披上一層露水，正哼著山蘇之歌：「山蘇呦山蘇呼拉拉蘇……」

——原載二〇二〇年七月十九日「平安相守，童話小燈」

編委的話

・**徐丞妍：**

這故事讓我想罵地球上的好多人，因為他們，害各種生物死去、受傷，我們要好好地保護動植物，不要因為一時貪心，喪失一個又一個寶貴生命。

・**張芸瑄：**

小山蘇被粗心的小男孩從山上撿回家，被遺忘在庭院裡，口渴瀕死的小山蘇被好心的燕子夫婦所救，感恩之際哼唱了一首故鄉的歌，哼著哼著便想起了故鄉。和生活中熟悉的故事，藏著淡淡悲傷，祝福它能在新的家中找到熟悉的溫度。

・**簡郁儒：**

很佩服小山蘇強韌的生命力，更佩服燕子夫婦在可能發生意外的情況下，不顧危險地幫助小山蘇！這種情誼，在我們的世界裡很難看到，因為我們看到不認識的人在求助時，很容易由於膽怯而不敢伸出援手去幫助對方。

．**黃秋芳：**

姜天陸從一隻岩鷚開始，兜起了雲、月、魚、湖，舞出一場生命相互聯結、命運永續糾纏的「雪舞」後，轉向成人小說，躋列主流尖端，我卻一遍一遍呼喚他回到童話行伍，如雪和舞的黏附盤旋，看燕子聽著山蘇唱歌，宛如昔日高不可攀的岩鷚，變身為尋常家鳥，還是流盪著生命聯結、糾纏，人生同生、共好的熟悉味道，纏綿溫潤，後勁厚足，洋溢著永遠不會褪色的生命真誠。

怪獸與地球人

張友漁

插畫／陳和凱

作者簡介

作家，一個外表像人，內心有點怪獸性格的人。相較於人，和植物相處得比較融洽。熱愛小說和劇本，童話是生活裡的小點心，偶而下廚料理。專職寫了二十七年，出版了四十幾本書，還在寫……

童話觀

給「虛構」下一個觀點吧！你以為編造就是虛構，所以是假的；不不不，虛構的雙腳得站在眞實的泥地上，如此，虛構的故事才能透視眞實的人性。

這是一個怪獸可以到處旅行的時代，你走到街上去，運氣好的話，你會遇見他們帶著微笑在散步。

羅小冬經過公園的時候，看見一隻怪獸坐在玫瑰花園旁的椅子上曬陽光。他知道整個世界對怪獸開啟大門，怪獸可以走出森林或是地穴，自由自在地旅行。怪獸的數量不多，所以他沒有親眼見過怪獸，電視新聞裡倒是見過一次。

他和爸媽討論過，遇到怪獸該怎麼做？結論就是，不要打擾他們。大部分的怪獸都安靜沉默。不像人這麼聒噪。

好想過去跟他打個招呼喔，可以嗎？他會不高興嗎？他會覺得被打擾嗎？他來到這裡旅行，會不會也想在當地結交一個朋友呢？

羅小冬決定走過去，如果怪獸覺得被打擾，他就趕緊說一句「對不起，打擾了！」然後離開。

小冬走到怪獸身旁，怪獸瞇著眼享受陽光，有人走動引起的氣流，讓怪獸睜開眼睛，他看見小冬正看著自己。

「這裡有人坐嗎？」小冬指著怪獸身邊的位置問。怪獸搖搖頭說：「沒有，你可以坐。」

小冬看著怪獸的側臉，他的耳朵是紫色的，又大又圓；他身上的毛髮是黑紫色的，很細柔，風吹來的時候還微微飄動著。他穿了一雙草鞋，一件寬鬆的有點舊卻很乾淨的吊帶褲。

「你是來賞花還是來賞怪獸的？」怪獸發現自己一直被盯著看。小冬不好意思的笑了：「你可以成為我第一個怪獸朋友嗎？」

怪獸愣了一下，他沒想過要交一個人類小朋友。

「我是羅小冬。你有名字嗎？」

名字？怪獸又想了，怪獸獨來獨往不求名利，不需要名字，但他現在似乎需要一個名字。

「我的名字是，怪—阿—獸。」怪獸很滿意自己的名字。

小冬和怪阿獸用手肘碰手肘的方式代替握手。現在是疫情期間大家不握手。

「怪阿獸聽起來不像個名字。這個怪字，很怪。」小冬說。怪阿獸說：「怪，有時候是一種讚美，不那麼一般。一般，太平凡。怪—獸，挺好的。」

小冬看著怪阿獸，心裡高興著，

怪獸這兩個字在怪阿獸的嘴裡說出來，變成很可愛的卡通角色。

怪阿獸和小冬一起看著眼前的花海，一時之間不知要接什麼話。

「你認為玫瑰花喜歡自己的名字嗎？」怪阿獸問。

「應該喜歡吧，玫瑰這個名字很好聽。」

「玫瑰花有說他很喜歡嗎？你有方法可以知道玫瑰花喜歡這個名字嗎？」怪阿獸問著，並充滿期待地等著小冬的回答。

小冬看著玫瑰花，想了很久，玫瑰花被取名為玫瑰花，他就長得像玫瑰花；怪獸被取名為怪獸，他們就長得像怪獸。他站起來，走向一朵暗紅色的玫瑰花，將耳朵貼在花上頭，一臉認真地聽著。他的模樣把怪獸逗笑了。小冬走回怪阿獸身邊坐下：「玫瑰花說，他喜歡呀！我就說嘛！這名字很好聽。」

有一群人從公園那頭走了過來，小冬和怪阿獸動作一致地從口袋裡拿出口罩戴上。

「你們是愛旅行的獸，真好，可以一直旅行。新冠病毒疫情結束之後，你打算去哪裡呢？」

「去葡萄牙的波多。」怪阿獸說：「那裡有全世界最好的葡萄酒。」怪阿獸說。

「不去遠方旅行也沒關係，現在也很好，我終於能好好地欣賞這一片玫瑰花，這是一種寧靜的旅行，屬於心的。」

「你吃花嗎？」小冬問。

「我不吃花。我吃生菜和水果。」

小冬很震驚，怪獸吃素。森林裡有很多動物，但是怪獸卻吃素！

「全部的怪獸都吃素嗎？」小冬又問。

「大部分是的。我也不知道有沒有一隻特別的獸喜歡打獵，也許有。但我認識的獸，都吃素。」怪阿獸抬頭看看天空，天邊的霞光變成橘紅色了，他說：「天快要黑了，你爸媽要擔心了，快回家吧！」

「我就住在那裡。」小冬指著公園旁邊一棟五層樓公寓的三樓，他的媽媽就站在陽臺看著他們。

「我想跟你說，我不是一般人，我是地球人。」小冬說這句話的表情超認真的，彷彿說的是，我是蜜蜂，不是螞蟻。

「地球人就是一般人。」怪阿獸說。

「不是，世界上的地球人很少，大部分是一般人。」小冬站起來，伸出手肘又碰了怪阿獸的手肘：「明天，我們可以再見面聊聊嗎？我很喜歡和你聊天，聊三次以後，我們就是朋友了。明天，這個時間，好嗎？」

沒等怪阿獸說好或不好，小冬就跑回家了。

怪阿獸看著玫瑰花海，心裡有一點痛苦，不管是人還是怪獸，他都無法和他們變成朋友。但是，他又很想知道，地球人為何不是一般人？

怪阿獸很掙扎，明天來不來呢？他走向一朵玫瑰花，將圓圓的大耳朵貼在花上，聽聽花怎麼說。怪阿獸聽著聽著，嘴角慢慢地綻放出一朵微笑花。

——原載二〇二〇年十月八日「平安相守，童話小燈」

編委的話

‧徐丞妍：

有一點感傷。一樣都是生物，為什麼人可以享受自由，而怪獸只能默默地被人們害怕？當怪獸遇上一個「不是一般人的地球人」，終於像人類一樣，一起做朋友，真好！

‧張芸瑄：

透過小冬與怪──阿──獸的互動，揭開了不同於傳聞中怪獸的的形象。他們從剛開始的下意識隔閡到分別時的依依不捨，帶出了彼此間濃厚的友誼，其中兩人在傾聽花的花語的那段，尤為深刻動人，餘味無窮。

簡郁儒：

張友漁一直是我非常喜歡的作家，這篇作品充分展現出孩子的好奇心，尤其是「怪獸」這個角色的設定，讓我將這篇童話回味了好幾遍！如果怪獸真的存在的話，我也非常歡迎他們來我家玩呢！

黃秋芳：

張友漁一出道就是經典的〈沖天砲大使〉，對立，傷痛，扶持，仇恨的釐清與瓦解，這就是她的生命預言，率性又真摯、勇敢又退卻。完成十二生肖系列後很少再寫童話。好不容易回到怪獸可以到處旅行的童話時代，自在穿行在日常記憶，在虛構的對話裡，看見真實的人生實踐，聽見花在說話，只有自己看得到的微笑，好像，在地球和外星間的想像旅行，自由流動，無從局限。

卷三．圓成缺憾

二次運球

陳依雯

插畫／吳嘉鴻

作者簡介

二〇〇七年成為黃秋芳創作坊專任老師，著有《作文得分王》、《看小說學作文》。喜歡帶領孩子遨遊寫作與閱讀的世界，也樂在分析深愛的小說文本，最近正嘗試創作小說和童話。設有個人新聞臺「曙色羽翼」：https://mypaper.pchome.com.tw/hilde0301

童話觀

將很是喜愛的日常生活元素，細細穿織於童話世界中，願每一個孩子（甚至是大人），在翻閱〈二次運球〉時，心會慢慢柔軟，眼會微微濕潤，雙腳將不由自主停駐，試圖把一直沒能看清楚的前方，牢牢捧著，愛著。

籃球小紅彈跳兩下，心滿意足地跟著主人貝貝從學校的籃球場上離開。一整個下午的活動量，讓他累得好想睡，直到貝貝在幫他淋浴時，才被濃濃的酒氣嗆醒。

酒水淋浴。貝貝怎麼會發明這種奇怪的洗澡方式呢？好討厭啊！他想念汗水、鐵框、沙塵、奔馳，再跳進水裡滾一滾的日子。不過，當他發現那一條散發著神祕藍光的皮飾鑰匙圈也要這樣洗澡時，立刻接受這一分鐘的「挑戰」，相信這是一種地位提升的象徵！

打從小紅有記憶以來，那條鑰匙圈就存在了，天天被貝貝握在掌心裡帶出門。他一直很想和鑰匙圈當朋友，常拋出許多話題和鑰匙圈聊天，但鑰匙圈始終不曾回應過。

小紅那時也享有天天出門的福利，和貝貝是籃球場上的最佳拍檔，球場上還有超強指導老師貝媽。貝媽以前總是準時從醫院下班，黃昏時和休假日，必定帶著貝貝和

小紅到球場上打球。貝貝從小看著貝媽輕鬆灌籃的身影，就把「成功灌籃」當做最大夢想，經過三年苦練，不但俐落奔馳在籃球場上，還能秒抄貝媽手中的球，出其不意地漂亮上籃。

還記得，貝貝學籃球的頭一年，小紅好辛苦啊！當她灌籃不成，拋球、甩球也不行時，就會破壞籃球規則，時不時來一個迴旋飛踢，將小紅狠狠踢進生態池裡，貝媽費了好大工夫才救球上岸；有一次更誇張，乾脆原地跳躍頭槌，小紅在空中飛出一條橘紅色弧線，割破湛藍天空，也拔高了貝媽的驚叫聲，硬生生被槌出學校圍牆外，讓大家找了好久。

貝媽總說貝貝逞強，不懂得放手，所以，總是重複犯著「二次運球」的違例，惹得隊友和教練都不高興。可是，小紅不在乎她犯錯！他欣賞總是全力以赴的貝貝，在她暖暖的掌心裡，在她每一個拋接過程中，他都感受得到滿滿的努力、在乎和愛。

慢慢地，貝媽一次比一次晚歸，有時還要連夜加班，更不可能斥責貝貝「二次運球」了。身邊的人紛紛戴起五顏六色的口罩，小紅待在家裡的時間變長，貝貝回家後打開電視，轉來轉去，幾乎都是疫情新聞、防疫提醒，好像也找不到NBA籃球賽事。唯一不變的是，貝貝出門上學時，依舊會帶著那串漾著幽幽藍光的鑰匙圈，這一點特別讓小紅感到不安，貝貝是不是不再喜歡自己了呢？

幸好，在小紅最寂寞時，貝貝會帶上他打一場稀罕的戶外賽。好像一切都沒變，只除了進家門前必須先洗一場涼颼颼的「酒水淋浴」，還有一點不一樣，不知道自己身上為什麼會出現一條細細的裂縫，洗澡時特別刺痛。

他一直擔心著、害怕著，直到有一天，他在貝貝要他往前飛翔時，直接滑落地面，而當貝貝要他乖乖待在掌心下前進時，他卻突然溜到一旁的角落去。到底，這是怎麼回事啊？難道是因為太久沒出去玩，所以控制不住腳步嗎？他難過得失眠了，恍惚之間，聽見極為陌生的聲音：「小紅，你聽得見我的聲音了嗎？」

「是誰？」小紅嚇一大跳。在暗黑的夜裡，那串藍色皮飾鑰匙圈散發著幽幽的藍色光芒，彷彿是一顆墜落在客廳裡的星星：「看這邊，我是小藍。」

「是……是你！你終於肯跟我說話了？」小紅又驚又喜。小藍說：「我一直都有回應你的問題啊，只不過，你聽不見。既然你現在聽得見我的聲音，那代表我們現在同一國囉！」

「我聽不懂你說的話，我們是哪一國啊？」小紅一頭霧水。小藍耐心解釋：「我是貝媽的籃球，當我身上的顆粒被磨平，甚至出現第一條裂縫時，我以為身為籃球的生命就此結束，但是貝媽犯規了，她把我送進『二次運球』公司回收再製，變成貝貝的鑰匙圈。」

「所以，我的籃球生命快要結束了？」小紅總算理解小藍的話，變得很不安：「貝貝會為我犯規嗎？我還可以待在這個家嗎？」

「貝貝當然會把你送進『二次運球』公司回收再製。」小藍的藍光閃得更柔和了：「那天，我偷瞄到她的設計圖，她打算請設計師把你再製成亮橘色口罩型手環，送給醫檢師貝媽當母親節禮物呢！」

「哇！二次運球，這是我所聽過的最美麗的犯規了。」小紅安心地閉上眼睛，和幽藍的夜色一起安睡了。

——原載二〇二〇年四月二十三日「平安相守，童話小燈」

編委的話

‧徐丞妍：

「二次運球」聽起來是個籃球術語，沒想到寫入故事中會這麼精彩。最喜歡的段落是鑰匙圈告訴小紅自己的故事，原來，小藍是這樣出身的呀！

‧張芸瑄：

透過小紅與小藍的內心獨白及對話，呈現一顆球從最初與主人的磨合到後來的心有靈犀；隨著時間的流逝，小紅的壽命也進入尾聲，伴隨著各樣的情緒，小紅終於在小藍的回憶中坦然放下，帶著希望，期盼以不同的身分與主人一起二次運球，內容婉轉溫潤，意境動人。

• **簡郁儒：**

結合「回收」議題，以大家熱愛的籃球作為主角，呈現一個籃球的生命歷程。一般用舊了的籃球下場就是被丟掉，但作者設定了個專門回收籃球並做成小吊飾的公司，讓那些籃球以不同的形態繼續留在我們身邊，溫暖極了！

• **黃秋芳：**

一般人的文學履歷，多半從簡到繁。從幾百字的小童話開始練筆，慢慢勾繪幾千字的小小說，最後擴充到幾萬字的小說，進而提出關於創作和閱讀的思索。陳依雯的文學跋涉不一樣。幾萬字的文本分析，寫起來極有特色；跨領域寫小說，起手就是十幾萬字；最後回到小童話，藏著小說創作的生命思索，吐著文本分析的深邃意涵，最後接生了小紅和小藍，成為前世和今生的對照。

偷帽子的浪豬

陳昇群

插畫／陳和凱

作者簡介

臺東大學兒文所畢業，教書廿多年，現已退休。年少開始就常寫些新詩散文，投稿寫作成為常態，之後也走入兒童文學領域。現生活以文學創作為主、廣泛閱讀為輔。

童 話 觀

就是日光初露在連月大雨之後，文字有亮度、詞彙有暖意的那種。

公園裡來了一頭浪豬，全身髒兮兮，有點嚇人。沒人知道牠從哪裡冒出來，在一群浪狗浪喵之中，浪豬另類又突出。牠形單影隻，體型不一定最大，但卻不像豬，老浪貓一看到牠就說：「可憐，沒見過這麼瘦的豬。」

「不像樣，太破壞豬的形象了，以後垃圾桶裡面的食物，給牠多一些。」大浪狗很講義氣。

瘦，沒有不好哇，反倒讓浪豬特別靈活。

公園裡的人們來這兒休憩賞花嬉戲，這些日子經常遺失帽子，怪異的是，放一起的錢包沒丟，貴重物品更是完好如初，根本就不知不覺防不勝防。丟一兩頂帽子，不怎麼引人注意，但丟多了就惱人。開始有人報警，警方本來不在意，不過是丟了帽子嘛，有多貴重？但報案的人一多，就必須著手調查神出鬼沒又無影無蹤的帽子大盜！

接下任務的警察，居然是個小美女。只見她一身輕裝便衣，戴了頂半透明版的遮陽帽，來到了公園一角，悠閒自在，眼神漫無目標，似乎在賞花，也似乎在看蝶。走著走著，應該是走累了，她在小徑旁選了塊大石頭坐下，不一會兒，又突然急急往公園廁所快步而去，當然，那頂半透明版的小遮陽帽，也很故意地被忘在石頭上……

至此，一切都跟著劇本走。大盜會出現嗎？是那位滿臉鬍渣的大漢？還是正要走來，有張蒼白臉色的男子？隱密的林蔭下，美女警察目不轉睛。大家都以為大盜是某個人時，大石頭旁的花叢猛地鑽出一頭小浪豬，來到帽子前，張口就咬，然後小身子一蹦，竄回花叢！

眨眼間發生的事，讓美女警察當場愣住。這下子，她生氣了！下決心要找到那頭浪豬。偌大的公園被她來個裡裡外外、鉅細靡遺的一場搜索，整整三天，浪豬的藏窟終於被發現了。一座石橋下的涵洞內部，用厚厚一層枯草落葉鋪滿鋪好，帽子，擺得像商場裡的特設櫃臺，款式齊全，喔喔，這麼說是誇張一點啦，但浪豬還真的非常善待它們，儘管都是偷來的。

贓物追回來了，可惜浪豬沒逮著。矯健的小傢伙，居然留了後門，一溜煙跑不見！美女警察抓著頸繩，站在涵洞末端，忿忿地看向那小不隆冬的破口，語氣堅定：「誤入歧途，就算是豬，也要讓你繩之以法，哼！」

這天，捕狗大隊風風火火地來到公園。浪豬嗅出空氣中的不尋常，知道事情很急迫，於是四處不停地低吼。隊長笑了：「豬的叫聲！是要捕捉的那頭？」

「嘿，行蹤徹底暴露中，這豬可不是普通的笨。」美女警察沒多話，只覺得奇怪，這頭小豬怎麼啦？一直在叫，有事發生？看到遠處狗影幢幢，都在躲閃，隊長驚訝極了：「是那頭豬，在通知公園裡的浪狗浪貓，說我們來了。呵呵，倒是不笨嘛。」

聽到這話，美女警察小小吃驚了一下。捕狗大隊經驗實在太豐富了，加上技術和器材都好得沒話說，浪豬雖然機警，還是落入捕狗大隊的手中。浪豬只在被捕時尖叫幾聲，知道躲不過，就變得非常配合，自行走進籠子後躺好躺平，隊長挺訝異：「很順利呀！應該被人類豢養過，似乎聽得懂人話。」

嫌疑犯的身分，讓浪豬沒有被送到動物中心。美女警察要結案，推著大籠子回派出所。

隔了一天，事情又出現了變化。洗了個泡泡沖水澡，一身粉粉嫩嫩香香的浪豬，頓時讓美女警察放下正義凜然的使命感。她發現，怎麼這小傢伙又乖巧又可愛呢！尤其那雙大眼睛，水汪汪的，是不是被我氣出來的？昨晚又哭了好幾次？是不是在傷心？傷心自己無依無靠？於是，浪豬在派出所住下來了。

沒幾天，浪豬成了派出所的招牌豬。「豬所長」的外號開始流傳，沒辦法，所長恰巧姓朱。美女警察說要等失主來認領，所以不得不留下浪豬，一直到彼此都混熟了，看著幾隻警犬都把浪豬當親密夥伴時，美女警察突然驚覺，「不對呀！怎麼都沒見浪豬在蒐集帽子？」

美女警察百思不解，直覺認為是因為派出所有滿滿的正義，警告浪豬不可胡來！

直到有一天深夜，美女警察把迷路的一位老人家送到家，回到派出所時輸入報告，螢幕上抖地出現一個「家」字，讓睡眼惺忪的美女警察驟然清醒，停住鍵盤上的手指：「『家』啊！戴帽子的豬。」

終於明白，浪豬為什麼不再偷帽子！是不是現在已經擁有一頂了？擁有一個家，真的是這樣嗎？她起身，走向那臨時的小豬窩。

暈黃的燈光下，小浪豬睡得好幸福、好幸福，美女警察的眼睛水汪汪的，似乎在微微笑著。

——原載二〇二〇年五月一日「平安相守，童話小燈」

編委的話

・徐丞妍：

以前古人把「豬」稱為「家」，而「家」就是一個屋頂頭住了一個家。故事運用造字方法，一隻浪豬以為偷了民眾的「帽子」，就可以得到一個家，經過警察的協助，浪豬終於在派出所，找到牠的家。

・張芸瑄：

設定活潑躍動，首先公園裡接二連三發生的「偷帽事件」，結果帽子大盜的真面目竟是一隻豬！直到真相大白後才知道，浪豬偷帽子的原因是因爲將帽子當成自己的家，而自從被警局收養後便金盆洗手，也是因為牠終於找到屬於自己的家了。

・簡郁儒：

可愛的角色和敘事手法，簡單的「可愛小豬只為尋找一個溫暖的家卻誤入歧途！」的故事設定，讓人忍不住笑了出來！雖然浪豬愛偷帽子，但也是很重義氣的呢！平時浪貓浪狗對牠好，牠就在捕狗大隊來時警告牠們，真是隻懂得回報的可愛小豬。

•黃秋芳：

陳昇群筆調清新幽默，寄寓浪漫悠遠，鍛鑄典故如庖丁解牛，遊走在喧嘩異想和素樸自然邊界，把日常瑣事用最適性的方式拆解重組成讓人驚喜的文字宴饗。從「家」這個字出發，戴帽子的豬，本來就指涉駐留和幸福，隨著文明發展，家就崩解了，浪豬變成異端，在流動的人群中偷帽子；警察必然是個美女，提醒我們，只有溫柔和勇氣，為放逐和流浪撐出安定，才算是世界上最真摯的美麗。

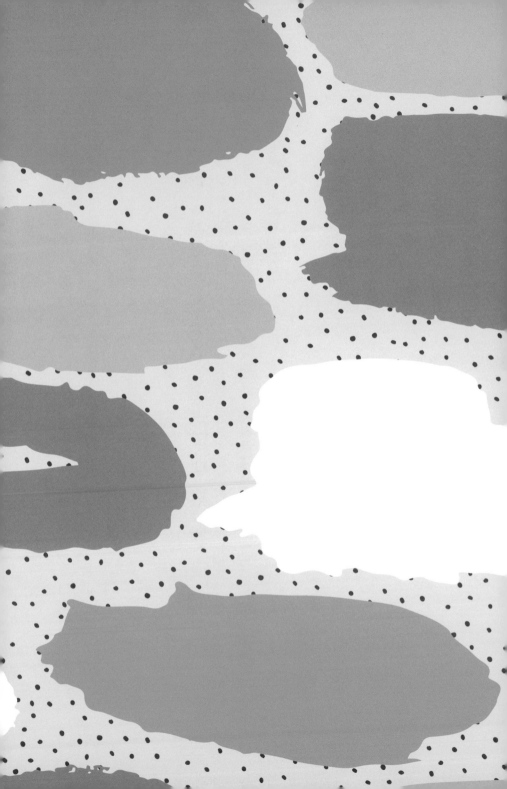

地藏王菩薩玩捉迷藏

謝鴻文

插畫／蘇力卡

作者簡介

兒童節生於桃園，天意注定與兒童有不解之緣。現任FunSpace樂思空間團體實驗教育教師，曾獲第7屆亞洲兒童文學大會論文獎、日本大阪國際兒童文學館研究獎金、九歌現代少兒文學獎、香港青年文學獎、冰心兒童文學新作獎等獎項。著有《老樹公在哭泣》、《不說成語王國》等20餘本書，主編有《九歌107年童話選》等書。

童 話 觀

奠基於現實人生，以想像突破現實，透過知性邏輯與感性情感的交融，用文字陪伴孩子成長，交換思想和悲喜。

一棵棵高聳入天，蒼蒼翠綠的樹，樹枝和樹枝交錯，像緊密地牽著手，圍成一座森林。

森林裡有一座小小的寺廟，但寺廟荒廢已久，很久沒人去過，廟身木柱已傾斜毀壞，屋瓦碎落一地，周遭雜草都快比寺廟高。寺廟前的參拜道上，有一尊矮小的地藏王菩薩石像，也被蔓草纏縛遮掩住了。但石像臉上還是帶著淺淺的，很安詳寧靜的微笑表情。

早晨，一隻才出生幾個月剛學會走路的小狐狸，好奇地在森林遊蕩，偶然間發現了這座寺廟，他好奇地探頭入內觀看，穿過一層一層的蜘蛛網，濃濃厚厚的灰塵四處飛揚，嗆得他連打了好幾個噴嚏。

進到陰陰暗暗狹窄的內部空間，只剩一張神桌尚完好，其餘一切都殘破腐朽不堪了。小狐狸待不久就晃到外頭，發現了石像，一時好玩忍不住摸摸石像的臉。

「呵呵，好癢啊！」

小狐狸被突如其來的聲音嚇了一跳：「哇！會說話的石頭，真是太神奇了！你為什麼躲在這草叢裡呀？是在玩捉迷藏嗎？我可以加入一起玩嗎？」

這尊地藏王菩薩石像面對小狐狸一連串的問題，依然保持靜定的微笑姿態，語氣輕柔地回應：「我是地藏王菩薩，這天地宇宙間所有的生命，凡是遇到災難困苦，只要呼喚我，我就會聞聲救苦而去，幫眾生解脫憂愁煩惱。」

「你的工作聽起來好偉大！」

「我沒想過我做的事是偉大，一切都是因為有慈悲的心，做該做的事，就這麼簡單。如果要說偉大，別忘了，所有的偉大，都是從微小開始的。即使只是一隻小小的螞蟻，只要他遇到災難困苦，我都發願會幫助他們的。」

「地藏王菩薩，你好棒啊！我猜你一定每天在玩捉迷藏，躲在世界不同角落，偷偷地看著誰需要被幫助。」

「小狐狸呀，你的想法真有趣！我的名字『地藏王菩薩』的『藏』這個字，也可以唸作『藏』起來的『藏』，不管寺廟在不在，但是我都在，我有很多分身，會藏在天地之間不同角落。今天我藏在這，被你發現了，表示你很幸運喔！我願祝福你，讓你得到更多的幸運！」地藏王菩薩石像慈祥注視著小狐狸。小狐狸聽完之後，又驚又喜地問：「真的嗎？那地藏王菩薩可不可以求求你祝福我一件事……」

「當然沒問題，你說說看。」

「嘻嘻！我希望等一下可以找到好多好多的野莓果可以吃，每天吃老鼠，我想換換新口味。聽說野莓果酸酸甜甜，成熟的果子還有一點點芳香味，一定和老鼠味道不同。」

地藏王菩薩石像沒想到小狐狸只是想實現這麼渺小的心願，毫不猶豫就答應給予祝福：「親愛的小狐狸，我會保佑你今天豐收，吃得開心，健康長大。」

當地藏王菩薩石像說完，彷彿有一道金色光芒從石像背後發出，在空氣中消散後，旋即有一股既清新又神祕的芬芳味道傳來。

「謝謝地藏王菩薩！」小狐狸匆忙道謝後，迅速尋著芬芳味道奔去。這一天，小狐狸真的很幸運，收穫採到一大堆成熟的野莓果，吃得肚子好撐好滿足，還用一大片芭蕉葉，盛著滿滿的野莓果回家。

寒冷漫長的冬天來臨，要冬眠的小狐狸，忙著跟家人一起準備食物過冬，忘了再去看地藏王菩薩石像，向祂致謝。

等到雪融化，草地或樹梢，鮮嫩的綠芽，含苞的花朵，春天的魔法遍撒森林，使大地充滿生命力的氣息。又長大許多的小狐狸，想念起了地藏王菩薩石像，他在路上摘拈了幾多野花，重臨舊地要送給地藏王菩薩石像，可是那座破舊殘敗的寺廟，居然被拆掉了，寺廟周圍凌亂的雜草也都被割除，小狐狸看不到地藏王菩薩石像。

眼前只是一片光禿禿平整的黃土，好像有什麼人要來興蓋建築。小狐狸呆呆愣住一會，沒能再見到地藏王菩薩石像，心裡有些遺憾；然而，想起地藏王菩薩石像說的：「不管寺廟在不在，但是我都在，我有很多分身，會藏在天地之間不同角落。」

小狐狸心底升起一股安心暖意，心想地藏王菩薩又在玩捉迷藏了！嘴角便微微揚起，找到一棵樹下，把手上的幾朵野花種回土裡。他抬頭看著蔚藍如水洗過的天空，在心裡默禱：「謝謝地藏王菩薩！」

——原載二〇二〇年四月二十一日「平安相守，童話小燈」

編委的話

・張芸瑄：

特別喜歡關於「藏」這個讀音的發想：與捉迷藏的藏一樣的讀音。石佛像「不管寺廟在不在，我都在，會藏在天地之間不同角落。」像一名默默守護著登山旅客及森林中小動物的山神一樣，在一個天氣晴朗和煦的午後，與小狐狸邂逅，讀來給人一份寧靜自適的品味。

・徐丞妍：

地「ㄘㄤˊ」王菩薩，是「藏」在世界各地的菩薩。最喜歡故事中地藏王菩薩對小狐狸說的話：「不管寺廟在不在，我都在」。

・簡郁儒：

中國字真好玩，就像「藏」這個字，本身有「ㄘㄤˊ」和「ㄗㄤˋ」兩種讀音。滿喜歡這種以玩文字遊戲的方式創作童話。故事的結尾帶著一點淡淡的憂傷，寫出對於那些來不及說再見就走了的朋友的遺憾。

・黃秋芳：

謝鴻文看起來極安定，可以靠讀書、寫字活一輩子；但又極需要流動，他愛極了半田市，一出車站，處處有小狐狸在迎接著可能互相都不了解的異種人類，像新美南吉的成名作〈小狐狸阿權〉，新美南吉紀念館旁，有一座童話森林，地藏王菩薩就守護在那裡，和地藏王菩薩玩捉迷藏的小狐狸，用感恩向天地致敬；這暖暖的平安相守，又是鴻文向新美南吉致敬的溫度。

平安夜的鐘聲

吳鳴

插畫／吳嘉鴻

作者簡介

本名彭明輝，臺灣花蓮人，原籍客家，1959年生，東海大學歷史系畢業（1981），政治大學歷史學博士（1993）。散文作品有《湖邊的沉思》、《浮生逆旅》等；史學著作有《歷史地理學與現代中國史學》、《晚清的經世史學》等；現任政治大學歷史學系教授。

童話觀

童話是孩子馳騁想像的天地，或溫馨，或曲折，或離奇，或感人，除故事須引人入勝外，其中最基本的質素允宜為溫暖。不論故事多詭譎變化，最終要回到人世的溫暖，讓孩子們閱讀後感覺心有戚戚，種下心底善良的種籽。

狐狸狗小白還很小，跟著姊姊愛麗絲一起甜蜜地把爸爸、媽媽叫成把拔、馬麻，無論跑到哪裡，大家都覺得他們好幸福。

春天的時候，爸爸開車載著一家人去郊遊。愛麗絲唱著歌，山的顏色好豐富，路旁的蔓花生、蒲公英、山萵苣、鼠麴草和臺灣山菊，小白開心極了，從沒看過這麼多認識和不認識的小黃花。繞過一個又一個山頭，爸爸把車停在湖邊林樹間，湖水澄澈得像一面鏡子。

媽媽鋪開地墊，爸爸在兩棵高大的柳杉之間繫好吊床。野餐好豐盛，爸爸媽媽難得放鬆地聊著天，愛麗絲帶著小白到湖邊玩水，脫了鞋子踩進湖裡，沁涼的湖水，弄得愛麗絲咯咯笑，小白甩著尾巴打水，玩得好開心。

糟糕！愛麗絲不小心滑倒了，湖水弄溼了衣裙，爸爸趕忙把愛麗絲抱起來去換衣服，小白繼續在湖邊玩耍，也不知玩了多久。上岸的時候，發現爸爸的車子不見了，媽媽和愛麗絲也不見了。小白向來的路上望去，遠遠看到爸爸的車尾燈遠去，小白死命地往前追去，跑著跑著，距離車子愈來愈遠，車子轉了個彎，終於消失不見，牠傷心地回到野餐的草原上，牠想爸爸一定忘記我了，愈想愈傷心，嚶嚶哭了起來。

「怎麼了？」這時，有一隻大黃狗走過來。小白說：「爸爸把我丟在湖邊，忘記帶我回家了。」

「也許明天爸爸就會來帶你回家；也許這片山太大了，他們也正辛苦地在找你。」大黃帶小白到牠在灌木叢裡用長草堆成的窩，兩個狗兄弟擠在一起睡了一晚。第二天，天色濛濛亮，小白就到路口等爸爸，等了一整天，爸爸沒有來。第三天，第四天……，爸爸還是沒有來，日子過了一天又一天，爸爸好像忘記小白了。

轉眼到了夏天，天氣越來越熱，小白常常到湖邊玩水。有一天，不小心滑倒了，掉到湖裡，牠一直沒學會游泳，只能緊張地四腳並用掙扎著，手忙腳亂，水花四濺，身體卻還是不斷往下沉。大黃在岸上看到，急忙跳下水把牠救上岸去。小白睜開眼睛，看到一隻白色的牧羊犬，長得很像大黃，原來大黃跳進湖裡，洗乾淨身上的黃土，竟然是一隻白色牧羊犬，從此小白就叫牠大白了。

秋天到了，大地披上金黃色的外衣，爸爸仍然沒有來接小白回家。小白和大白相依為命。小白問大白怎麼來到這裡？大白說，他本來有一個幸福的家，只是個性有點淘氣，有一次媽媽買菜回來，牠撲上去，想幫忙把菜籃叼進家裡，不小心咬到媽媽的手，爸爸拿起藤條要教訓牠，告訴牠家裡快要有小妹妹了，不准再這麼頑皮。牠又生氣又傷心又害怕，拚命跑開，看到爸爸追過來，更是一路拚命往前跑，跑了幾天，跑過了幾座山頭，就來到了這裡。

「你想回家嗎？」小白一問，大白就更難過了：「想呀！現在想明白了，爸爸只是在教我，不是真的要打我，就算是，打就打吧！家就是這樣啊！誰叫我先犯了錯呢？我常在想，他是不是一直在到處找我呢？」

冬雪皚皚的季節，滿山遍野一片銀白世界。小白和大白說：「天氣太冷了，我好想回家。」

「你記得回家的路嗎？」大白問，小白頭一偏，拚命想：「不太記得了，就是走過這座山，朝著日出的方向，繞過那座山，再過兩座山，有一間紅瓦白牆的兩層樓房子，就是爸爸媽媽的家。」

大白豎起耳朵，記憶裡有一些熟悉的影像飄過。牠決定帶小白回自己的家。兩兄弟朝著日出的方向，走了一天又一天，走過一座山又一座山，繞過山嶺，走過原野，繞過村莊，走過小溪，天氣愈來愈冷，路上響起聖誕歌聲，聖誕節就要到了呢！

忽然，遠遠看見一棟紅瓦白牆的房子，大白拔腿快跑，小白在後面跟得大氣喘小氣。小白看到爸爸的家了，牠好激動，可是大白為什麼對這條路這麼熟悉？還跑這麼快？

大白跑到房子門口，叫了兩聲。爸爸打開門，看到大白，高興得抱了起來，原來小白的爸爸就是大白的爸爸。小白趕到家門口，胸口漲得都快要停止呼吸了，小愛麗絲搖搖擺擺走出來，急著抱起牠，一點也不在乎小白現在也變成小黃了。正在準備聖

誕大餐的媽媽，看到大白和小白一起回來了，大叫：「啊，你們回家了，真好！」

村子裡的教堂，遠遠傳來平安夜的鐘聲。

——原載二〇二〇年五月一日「平安相守，童話小燈」

編委的話

・徐丞妍：

大白和小白是來自同一個家庭的兩隻小狗，兩隻小狗都認為自己被遺忘、被拋棄了！讓人印象最深刻的是，當大白回家時，才發現小白的爸爸就是自己的爸爸，非常溫馨。

・張芸瑄：

一個有家人陪伴的平安夜便是溫暖的，勝過萬家燈火。淘氣的小白意外與家人走散，幸好遇到了大白，能有一個朋友一齊度過大半年。兩「人」間有著共同的掛念，於是彼此攜手踏上歸途。最終真相翻奇，全家人一起團聚，迎接充滿希望的一年。

・簡郁儒：

兩隻需要依靠的狗狗因為和主人出去玩而不小心走失。作者很厲害，在小白被拋棄的那一段埋下了伏筆：「到底為什麼小白會被忘記呢？明明主人就這麼喜歡牠，應該沒有主人會在這種情況下拋棄寵物吧？」讓人很想繼續翻讀、解開疑惑。

・黃秋芳：

吳鳴治學嚴謹，是認真的「歷史教授」，更是不斷在拓展新視野的「生活學生」，穿走在歷史和生活裡的規律，宛如穴居，春夏秋冬，一天又一天旋舞。就像童話故事，凍結在凝固的時空中，無論小白、大黃、大白、小黃，以及我們任何一個人，在生命舞臺中遇到了什麼難題或考驗，有美好的信念可以依靠、有一個家可以回，永遠都有機會，聽見充滿祝福的鐘聲。

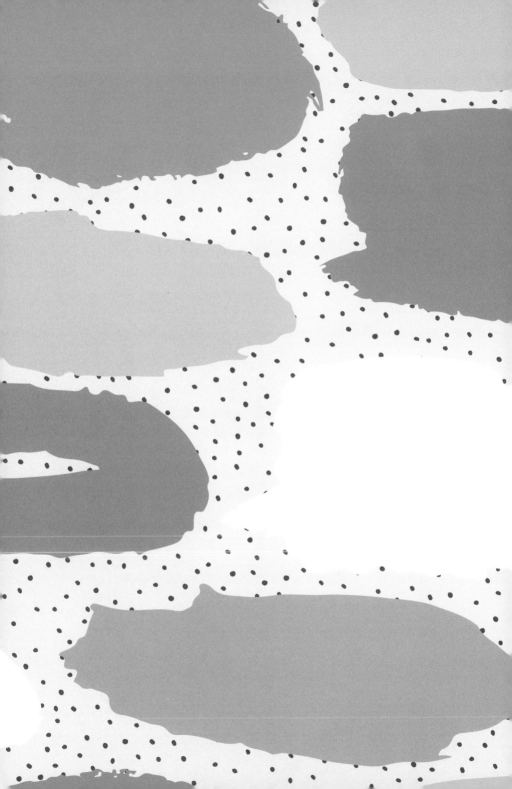

卷四・平安守護

當世界生病的時候

薩芙

插畫／吳嘉鴻

作者簡介

曾獲臺北教育局107年度兒童閱讀優良媒材推薦好書、第77梯次好書大家讀、文化部第42次中小學生讀物選介文學類精選之星，108年度文化部出版與影視推薦改編劇本書、入選國立臺灣文學館107年度文學好書推廣，著有九歌現代少兒文學獎作品：《少女練習曲》、《不嚕樂園》、《巴洛．瓦旦》、《心靈魔方》。

童話觀

童話是成長的魔法、世界的鏡相。開始在《國語日報．故事版》創作童話期間，我深深發覺它是趨近完美且迷人的藝術，處處都有它的行蹤，帶我走進童話的祕密森林，編織一串串句子和純真。

國際名導貓頭鷹走出首映會場，臉上蒙上一層陰霾。由於肺炎的緣故，鳥籠電影院的放映廳只售出兩張票。一張是小麻雀買的，因為禁止群聚電線桿，只好找一處沒人鳥他的地方，低頭啄爆米花，然後打盹，睡一個好覺；另一張是喜歡看電影的烏鴉少女買的，這是戲院關閉前的最後一場電影，她看得熱淚盈眶，心想，真是太可惜了！這麼好看的電影，應該頒一座「金鸚鵡獎」給貓頭鷹導演。

貓頭鷹導演的麻煩可大了。啄木鳥市長委託他拍公益短片《當世界生病的時候》。好不容易敲定場地，偏偏女主角夜鶯染上了肺炎，無法演出，加上接觸過夜鶯的劇組人員，一個個病倒了，誰也不敢繼續拍戲。企鵝助理急得團團轉：「或許，我們該到高譚市請求蝙蝠俠幫忙？」

「來不及了。高譚市宣布封城，沒有半隻鳥能飛進去。」

「碰上這種事，我們該怎麼辦呢？」

「總會有辦法的。」貓頭鷹的眉頭皺得更緊了。這時，戲院賣票的狐狸走了過來，遞給貓頭鷹導演一張照片說：「我知道雲霧山上，有位演技極佳的藍鵲小姐。」

「她願意嗎？」

「只要說，是狐狸介紹的，相信沒問題。」

「沒問題嗎？」

「那當然。」狐狸弓著腰表示：「沒有比她更好的『鳥選』了呀！」

貓頭鷹導演低頭沉思了一會兒：「能不能先讓我見見藍鵲小姐呢？」

「當然行。我來安排吧。」狐狸立即請戲院內的烏鴉少女帶著劇本，務必交給住在雲霧山的藍鵲小姐。沿途，烏鴉少女忍不住好奇心，打開劇本，幻想自己是劇中的女主角。她穿過層層雲霧，一路嘎、嘎、嘎地唸個不停。

藍鵲小姐接到邀約，頗為猶豫，畢竟許多空中領域嚴禁飛行。她猶豫地問：「這是貓頭鷹導演的劇本嗎？」

「嘎，嘎，是滴。」

「不是所有的演出都停拍了嗎？」

「是一部公益短片。」烏鴉少女拍著胸脯說：「我可是把臺詞背得滾瓜爛熟了呢。嘎。」

「妳偷看劇本了？」藍鵲小姐把烏鴉口中的劇本搶過來：「真是天下烏鴉一般黑呀。」

「我也不想黑壓壓的嘛。要是我有藍鵲小姐那一身藍色羽毛的話，那該多好……」

「不如這樣吧……」藍鵲小姐出了一個好主意。烏鴉少女聽了，瞪大了眼睛。

隔日，晴空朗朗。一名全程戴著口罩的神祕少女飛越烏魯魯山脈、嘩啦啦海洋。途中，沒有一處地方願意讓她停下來休息。那可真是一段世界上最遙遠的距離啊。好不容易，她來到傳說中的鳥之島。島上只有鳥才能停留，每隻鳥跟鳥之間都離得遠遠

地。剛降落機場的神祕少女，詢問服務人員：「請問『烏萊塢』該往哪兒走？」

「榆樹下掛著空蕩蕩的鳥籠就是了。」

神祕少女通過嚴密的檢疫，往榆樹振翅高飛。開拍當天，攝影棚裡只有貓頭鷹導演跟企鵝助理，那是一場防疫船戲，棚內有一座大水池，一艘模型船，造浪機啟動後，會掀起驚濤駭浪，將要演出的劇情是——少女搭乘甜甜圈公主號，不小心染上了肺炎，幸好醫生及時拯救了她。

這時，神祕少女穿上密實的防護衣，只看得見兩粒眼珠子。貓頭鷹導演覺得她做得好，讓大家安心不少。鏡頭對準了少女那一雙炯炯有神的雙眸，燈光打在神祕少女身上。場記板寫著第九十九幕：世界上最危險的距離……

「開麥啦～」神祕少女慢慢離開船舷邊的醫生，含淚保證：「我一定會記住，當世界生病的時候，為所愛之人保持安全的距離，嘎、嘎、嘎……」

影片字幕停格：勤洗手、戴口罩，感謝全體醫護人員。

收工後，神祕少女迅速離開，只見地面留下一根閃閃發亮的藍色羽毛。

——原載二〇二〇年四月六日「平安相守，童話小燈」

編委的話

• 徐丞妍：

全文最喜歡的是，把那位「全身穿上防護衣」的少女寫得很神祕，讓大家猜想她到底是誰，在故事裡故意加入一些有關防疫的詞彙，很有巧思！

• 張芸瑄：

有時候，愛反而是自私的，適當地留下距離才是愛。作者運用多方元素結合生活，營造出了一個獨特的世界觀，讓文句勾勒出令人流連的意境，最終更留下一個對女主角身分的謎團，讓讀者多一份想像空間。

‧簡郁儒：

女主角到底是烏鴉還是藍鵲？那根藍色的羽毛是被染色過的而非真正的羽毛嗎？那聲「嘎嘎嘎」又是怎麼一回事？烏鴉和藍鵲小姐到底說了什麼？這一個又一個謎題，引領我們循著故事的線索一一破解。

‧黃秋芳：

薩芺非常認真，所以，被她戀上了的文字，就這樣非常認命地成為她的收藏、她的滋養、她鍛造夢想的魔法、她呼吸新鮮空氣的出路，以及所有愛的、美的、傷的、痛的……最後的歸處。她出手精準，烏魯魯山脈、嘩啦啦海洋天外，嚴密檢疫的鳥之島，無論背景身分，都懷著「為愛保持安全距離」的宣導熱情，此時此地讀起來，特別有滋味。

三位
小天使

鄭宗弦

插畫／陳和凱

作者簡介

知名少年兒童文學作家，作品有：《媽祖回娘家》和系列書籍《少年總鋪師》、《鄭宗弦的生命教育》、《來自星星的小偵探》、《穿越故宮大冒險》、《少年廚俠》、《少年讀紅樓夢》……含少年小說、兒童散文、童話、繪本等，逾一百本。

他立志寫出優秀的少兒故事，期盼小讀者在欣賞文學的趣味之餘，能進一步珍惜鄉土，熱愛自己生活的地方。並發展出三大創作理念：1.愛要從小說到大；2.愛的進行式；3.學習的生命觀。對於少兒心性成長有深遠的影響。

童 話 觀

為了實現崇高的理想，有些東西一定會被犧牲的，甚至是寶貴的生命。如今面對人類共同的災難——瘟疫，感染與死亡的人數眾多，可讓孩子開始思考生命存在的價值問題。為了救人而犧牲自己，這崇高的情操值得景仰與學習。

罩罩、香香和嗶嗶是天神所創造，住在白色天堂裡的三位小天使。他們是從小一起長大的好朋友，但是三個人長得完全不一樣喔！

罩罩身子很單薄，穿的衣服前面是藍色，後面是白色，他的左右邊各有一條彈性圈圈，可以像手一樣扣住東西，整個人看起來就像是飄在藍天裡的白雲，感覺輕盈又乾淨。

香香擁有矮矮壯壯的身材，穿著綠色的衣服，使他看起來很像一位勤奮的郵差。但是他太肥胖了，總是因為站不穩而躺著，那又使他看起來有點慵懶，缺乏精神。他最特別的地方就是全身香噴噴的，散發出玫瑰的迷人氣味，讓人很想接近他。

嗶嗶長得又是另一種形狀了，他像是一把沒有槍管的手槍，不過他不會像手槍那樣「砰砰」地發射子彈，只會在說話時一直說出他的口頭禪「嗶嗶」。

他們互相欣賞，每天玩在一起，感情很要好。不過日子久了，他們開始覺得無聊，不知道自己活著要做什麼，因此彼此討論出一個共同的心願，那就是當個「有用」的天使。

有一天，天神把他們找了去，然後表情凝重，語氣嚴肅地對他們說：「邪惡的病魔跑去人間去散播病毒，歷時已經一年了，造成幾十萬人死亡。有個窮苦的小孤兒叫做小憂向我祈禱，說他已經沒有錢可以買保護自己的東西了，求我幫助他。其實再過不久，人們就能製造出對抗病毒的疫苗，徹底打敗病魔，但是我很擔心小憂，如果他沒有我的協助，恐怕是撐不到那個時候了。因此我需要你們的幫忙。」

「太好了，我將要變成『有用』的天使了。」三人異口同聲地說。

「病毒太可怕了，我得在你們身上施展一些仙術才能對抗他們。」天神揮舞雙手，對著他們說。「歐叭啦叭啦哩……」

天神施完仙術後，罩罩變成一個組織十分密緻，百毒不侵的口罩；香香變成消毒的肥皂，一碰水就能搓出泡沫，把病毒殺死；嗶嗶更神奇了，他的臉變成一面螢光鏡，往任何東西一照，便能顯現出東西的溫度。天神期勉他們說：「現在你們都成為

『有用』的天使了，希望你們分工合作，保護小憂，完成我交付給你們的任務。」

「沒問題！」三個人都興奮地答應。話才說完，他們瞬間來到了小憂的面前。小憂在一陣閃光後看見了他們，非常驚喜，連忙把罩罩戴在臉上遮住了口鼻，又拿香香去洗手，然後早晚都用嗶嗶量額頭的溫度。他聽老師說過，如果溫度超過三十八度，很可能就是感染到病毒而發燒，就必須趕快去看醫生。

小憂一天要洗手五六次，每次出門就戴上口罩，並且注意體溫，還好都維持在正常的溫度，那表示他十分健康。然而幾天後，小憂卻嫌罩罩的前面被病毒污染了，想要把他丟進垃圾桶，還好他的老師發現了，教他用電鍋幫罩罩乾蒸消毒，罩罩暫時恢復了清潔。

可是一個星期後，罩罩又被污染了，而且更嚴重。小憂不得已還是把罩罩丟掉，讓垃圾車把他載走。他盡量少出門，不得不出門時，就改為跟別人保持一點五公尺的安全距離。

香香和嗶嗶難過極了，他們完全沒有想到，為了對抗病毒，罩罩成了犧牲品。就在這個時候，香香也發現自己變瘦許多。嗶嗶心中有底，知道不久之後，香香也將離他而去。果然，就在三個星期後，香香變得薄如一張紙，他在小憂的手中再次跟水相遇，變成了最後一道泡泡，然後隨了流水消失無蹤。嗶嗶聞著空氣中，飄散的一點點玫瑰花香，忍不住流下了淚水。

三天後，人們終於研發出了疫苗，很快就變成預防針，為人們接種。小憂也打了一針，從此不再害怕這個病毒了。小憂不再需要嗶嗶，因此把嗶嗶送給國小的健康中心，給護士阿姨幫小朋友們量體溫。嗶嗶心裡想著，兩位好朋友都為了對抗病毒而消失了，只剩他孤單一人，好寂寞喔！忍不住偷偷地哭了起來。

這一夜，他睡著之後，竟然意外的，在夢中與罩罩和香香相聚。

「我們並沒有死掉，而是先回天堂了。」香香說。罩罩也說：「嗶嗶，我真羨慕你，可以留在人間繼續為別人服務。不像我，雖然『有用』，但是用處卻這麼短暫。」

「啊！原來是這樣。」嗶嗶醒來後不再傷心了，而是為他的好朋友感到驕傲。天亮了，他也立下志願，要追隨罩罩和香香的精神，好好為別人貢獻專長，直到自己回到天堂的那一天。

——原載二〇二〇年五月一日「平安相守，童話小燈」

編委的話

・徐丞妍：

口罩、肥皂、額溫槍，的確是人們生活中的小天使，守護著大家的安全。三位小天使都希望自己成為「有用」的小天使，隨著日子過去，罩罩和香香都被丟掉、用掉了，但他們很開心，因為自己真的有用了！

• **張芸瑄：**

來自天堂的三位小天使，被天神賦予重要任務：幫助小憂遠離病毒。剛開始三人都為自己能成為「有用」的天使感到驕傲，隨著夥伴一個個離開，在孤獨中，仍因為朋友的鼓勵而慶幸自己能幫助更多人，讓人由衷理解助人的快樂。

• **簡郁儒：**

以口罩、香皂和耳溫槍做主題意象，讓他們化身為三位小天使，為我們在緊要關頭守住前線，保護人們避免受到新冠肺炎的糾纏。到了故事尾聲，罩罩和香香都不在了，嗶嗶依然堅守崗位繼續奮鬥，讓人深受感動！

• **黃秋芳：**

鄭宗弦形色豐饒的童年，以及環繞在他生活周遭的種種人事物的遇合，都成為他慎重珍惜的情分與營養。傳統的家庭價值，在他身上刻下的內在制約，形成他這一生從來不曾動搖的溫暖、光亮、勇氣和智慧，相信人、相信愛、相信天使總會降臨。總有一天，罩罩、香香和嗶嗶重回天堂相聚，我們仍然有足夠的力量相信，我們，也可以成為別人的天使。

遇見愛

蔡淑媖

插畫／劉彤渲

作者簡介

資深說故事老師，喜歡寫故事，目前擔任中華民國兒童文學學會祕書長。著有：《從聽故事到閱讀》、《石頭媽媽》、《阿英的冬至》、《寫個不停的媽媽》。

童 話 觀

童話是想像的展現、是進入溫馨、美好世界的鑰匙。
大人小孩都需要童話，它讓我更喜歡世間所有的一切。

夜，靜悄悄的，熟睡的氣息瀰漫空氣中。佛桌上的燈，照得客廳霞光滿布。「吱」、「吱」、「吱」、「吱」……什麼聲音畫破寂靜？是老鼠嗎？噢！媽媽最怕老鼠進家門，上次不知怎的，家中出現一隻老鼠，媽媽費盡心思才將牠請出門，我要小心聽一聽。

「吱吱吱吱」、「吱吱吱吱」，「吱吱」。如果真是老鼠，這回肯定來了一窩。咦？一個小小圓圓的身影從曬衣架上沿着著牆壁爬下來，後面跟著另一個小小圓圓的身影，仔細一瞧，不是兩個，是五個圓圓小小的影子，我忍不住大聲叫了起來：「汪汪汪，誰呀？」

「我們是刺蝟，請不要嚇我們。」圓圓小小的影子停住腳步，露出臉和手，齊聲對我說，好像一個合唱團在唱歌。嗯，刺蝟長得跟老鼠不一樣，刺蝟比老鼠可愛多了。第一次看到刺蝟，我就喜歡上他們。我不自覺伸出前腳，原本站立的小東西瞬間縮成刺圓球，讓我撲了個空。

「吱吱吱吱，請收起你的利爪，展現紳士風度。」合唱團又唱。我趕緊解釋：「對不起，對不起，你們實在太可愛，我只是情不自禁想摸摸你們。」

「請問這是哪裡？你是誰？」咖啡色刺蝟的兩隻眼睛，骨碌碌看著我。我甩甩身子，蓬鬆的白毛跟著抖動：「看到沒？我是一隻小白狗。瑪爾濟斯品種，媽媽主人叫我龍龍，這裡是媽媽的新家。」

我從來不曾自我介紹過，第一次這麼介紹媽媽和自己的名字，心頭暖暖的，好想哭。紅色的刺蝟歪著頭看我，莫非牠發現我眼睛裡有淚水：「你從小就跟主人在一起嗎？」

「不是的，我原本在另一個家，那個主人常常拿我出氣，有一天把我的毛剪得亂七八糟，趕我出門，是媽媽看到我餓肚子，拿肉鬆哄我跟她回家。」

「你看起來很愛媽媽，為什麼？」黃色刺蝟踮起腳尖，把頭在我肚子上磨呀磨。唉呀！他可真會撩撥，害我的眼淚都忍不住，忽然掉了下來：「媽媽為了搬家忙裡忙外，還要照顧生病的我，我們萍水相逢，萬分陌生，媽媽卻將愛給我……」

我把頭往胸口埋，回味媽媽溫柔的撫摸。有四隻手拍拍我，原來是藍色的刺蝟與米色的刺蝟一起聯手，希望我不要難過，刺蝟合唱團又齊聲唱：「吱吱吱吱，你是隻幸福的小狗。」

「怎麼光我說？你們也要告訴我，為什麼在

這裡？」我把五隻小東西放到背上，趴下來，準備好好聽故事。小刺蝟不安分，把我的背當小山爬，不知誰忽然說：「看看那兒！」

我跟著抬起眼睛往上瞧，那是一個曬衣架，衣架上吊著三個口罩，一個彩虹條紋、一個細藍格子還有一個是沒有花樣的全白口罩。小刺蝟開心地指：「我們就住在那裡。」

「哪裡？」我拉長脖子看，搞不清楚哪一個？刺蝟又響起合唱團般快樂的聲音：「那個全白口罩」。

媽媽最近常常戴口罩，我沒見過有全白的這個小刺蝟的家。到底怎麼一回事？我甩頭想，搖尾巴想，就是想不出道理來，踢踢，踏踏，走廊傳來腳步聲，我安靜下來，靜靜的，匍匐在我四四方方的小窩，踢踢踏踏的腳步聲停在我身邊，我躺在地板的方形小窩裡都聽得見，媽媽彎下腰把我撿起來：「龍龍的照片怎麼被風吹下來？」

我看到媽媽戴著新口罩，五隻小刺蝟在上面對我眨著眼笑。

——原載二〇二〇年三月二十二日「平安相守，童話小燈」

編委的話

・徐丞妍：

把冠狀病毒聯想成小刺蝟的巧思，讓本來很可怕的感覺少了一點點。一開始還不太理解內文和標題，經過思考，才知道小狗龍龍和主人的相遇，顯現出關愛的深刻，讓人感動。

• **張芸瑄：**

或許對某些人來說，能讓人感到溫暖的並不是外在的保護，而是一個心靈的依靠。龍龍能夠遇到媽媽並與其成為家人，就是最大的幸福。這段家人的溫馨，傳達了家就是最好的避風港，在熟悉的場景中，讓人又一次想起家的溫度。

• **簡郁儒：**

一開始讀著「四四方方的窩、生病、回味媽媽溫柔的撫摸」這些字句，總覺得怪怪的，直到最後謎底揭曉，才知原來龍龍已經去世了，四四方方的窩指的是照片，而回味媽媽溫柔的撫摸，是因為再也無法感受了。整篇故事的鋪陳非常厲害，讓人印象深刻。

• **黃秋芳：**

深情澎湃，有一種新鮮的活力，在靜態和動態的轉折中，像一個非常簡單又豐富的兒童小劇場。口罩、疾病和死亡的第一層，揭露疫情傷痛；第二層則益於建構長遠的公衛文明；第三層跳開此時此地的局限，更裎現了生命有限愛長存的人生真摯。也許是長期在讀書會引導共讀，這篇小童話，對於聲音的朗讀、線索的拆解，以及生活的共振和共好，處理得自然而不造作。

雪狐
小被被

邱靖巧

插畫／劉彤渲

作者簡介

臺南人。嘉義大學獸醫學系畢業。
現職兩個孩子的媽，兼職永明動物醫院獸醫師，生活大小事及文字創作皆記錄於部落格「靖的部落格有個野蠻人chchch」。著有《我和阿布的狗日記》、《我和小豬撲滿的存錢日記》和《短褲女孩的青春週記》。

童 話 觀

我常想童話在哪裡？如何擷取下瞬間的靈感？或者在腦迴裡收網？然而最實在的童話就在媽媽的嘴裡，就在孩子的夢裡，簡單的開始，沒有任何邏輯，而後那無際邊的想像才是眞正的陪伴。
雪狐小被被，今晚要帶我們去哪裡呢？

我提起小夜燈，披上小被被，走進夢裡。

一跨進夢國，小被被就從我的肩上躍下，幻化成一隻雪白色的狐狸。其實也沒有那麼純白，因為我一直不讓媽媽洗它，所以有點灰，其實不只有點灰，像是邊邊角角的地方就看不出什麼顏色。

「嘿，你今天心情不好喔！」雪狐小被被打斷我的念頭：「你滿腦子的顏色比我身上的灰還要灰。」

「真是不好意思。」我道歉：「我不喜歡搭飛機的旅遊被取消，因為是很早就講好的，本來要去看座頭鯨。」

「是嗎？」雪狐小被被眉頭微皺了一下：「你等等。」

遠方有個大嗨嘯，如閃電般快速來到眼前，接著落下的瞬間，平鋪成一片海。我跟小被被就站一艘船上，隨著忽高忽低的海浪搖搖晃晃，一條條水柱噴射出海平面，由遠而近，然後一個巨大的尾鰭露出，拍打水面，整片海水花噴散在空中，我尖叫著：「哇，座頭鯨耶！」

座頭鯨飛出海平面，巨大的身影遮住了陽光，接著像個體操選手翻身，挺出白白的肚皮朝天，然後砰一聲，落水，海水花濺灑到我面前。一次又一次，座頭鯨翻轉跳躍入海，直到我激動的情緒逐漸和緩。座頭鯨游走時，海水也急速退去，我向牠揮手說再見，滿足地躺在船板上，忽然一袋袋的衛生紙砸落下來。

「唉呀！我不喜歡超市的貨架都被清空了啦！我的餅乾糖果還有嗎？冰淇淋呢？」我手撥腳踢周遭的衛生紙，堆成這樣真是礙事，咦？我怎麼又回到床板上？想起那空空的貨架，有一種不安漫漫滲上來。雪狐小被被扭動身體，擠到我旁邊提出同感：「衛生紙只能擦屁股，又不能吃。」

「是呀。」我想著巧克力餅乾，草莓冰淇淋……，這時，雪狐小被被又不慌又忙地應了聲：「嗯，你等等。」

等？就在我快睡著時，糖果下冰雹似地掉落在我身上。我彈跳起來：「唉呀呀！

這些……」

我開心尖叫，房間塞滿餅乾糖果，還有一大桶一大桶的冰淇淋，只要我想得到的口味都有，太神奇了。雪狐小被被用手指頭挖起一大口草莓的冰淇淋放入嘴巴，整個臉甜滋滋的：

「這種囤貨，好嗎？」

「太棒了。」我的每根手指都要挖一口冰淇淋，瑞士巧克力、草莓、芒果、香草、花生、香檳葡萄、焦糖、薄荷巧克力、優格、藍莓，直到舔乾淨最後一根小拇指時抬起頭，發現周遭一片空蕩蕩，遠方有一座公園椅，上面是不是坐著一個人？

我站在原地，不想過去。但那公園椅和那個人開始移動，逐漸向我靠近，越來越大，越來越明顯。他戴著無數個小皇冠，身披黑衣，黑衣上閃著各種各樣紅色的小三角形。他在哭，又像在笑，讓我很不舒服，像是故事裡的可怕巫婆，我需要我的小被被，我的小被被在哪？

「你在找什麼呀？」那戴皇冠的黑衣人開口問我，聲音卻像從遙遠的陰間傳來。

「我……」我正要回答，雪狐小被被忽然躍上我的肩，嗶了一聲，幻化成一個口罩，還有一件防護衣在我身上，急切的聲音在我耳邊叮嚀：「離病毒遠一點。」

「啊！我知道他。」我想起他是誰了，新聞一直在說的「那個」。我把話小聲地留在口罩裡，小被被應該聽得到：「我該怎麼辦？我好害怕。」

「你要不要過來坐坐？」那戴皇冠的黑衣人站起來，張開手臂。我後退好幾步：「不要。」

「你要記得戴口罩，勤洗手，還要常備百分之七十五酒精。」雪狐小被被提著一大桶的酒精，往那戴皇冠的黑衣人潑去。酒精潑出落地的瞬間，戴皇冠的黑衣人就跟著消失了。我鬆了一口氣，跌坐在地上，顫抖著聲音問：「我要不要隔離十四天呀？那是幾個明天的明天？這樣都不能去學校了嗎？不能跟同學玩嗎？」

「不用擔心，你只要做了該做的事，之後就要有信心，相信那些正在付出的人，希望明天會更好。」我發現自己躺在熟悉的床上，雪狐小被被趴在我的胸口上，輕輕地揉開我皺起的眉頭：「好好睡覺，好好長大。」

「嗯。」我放心了，小被被熟悉的味道跟觸感一直都在，陪著我，每一天每一夜。

——原載二〇二〇年四月二十一日「平安相守，童話小燈」

編委的話

・徐丞妍：

在夢境中，我們會夢到想吃、想玩卻沒辦法完成的事，有時候還會夢到讓人害怕的疫情。透過被病毒感染童話幻夢，小被被潑了瓶百分之七十五酒精，精巧地宣導要常常消毒的觀念。

・張芸瑄：

運用豐富的想像力，將睡覺時守護我們的棉被變成一隻小雪狐，與主角一同進入宛如夢境的神祕世界；在這當中遇到了好吃好玩的，卻也碰上了敵人，還好憑藉著雪狐的機智及主角的信任，度過危險，擁抱自己的美好。

・簡郁儒：

在夢裡優游的孩子，和最愛的雪狐小被被一起吃喝玩樂，正玩得不亦樂乎時，病毒掃興地出現了，幸好在相互信任和幫忙下度過難關，全篇非常正向，瘟疫病毒化身黑衣人，滿符合我們的感覺和想像。

・黃秋芳：

邱靖巧很「巧」，就是閩南語形容很聰明的那種「khiáu」。這位交揉著仁心和仁術的獸醫師，有一種文學的直覺和敏銳，一出手，阿布狗日記就成為傳奇，然後不斷拓展出嶄新的寫作邊界。難得的是，她總是真摯地不斷發聲，超越優勝負劣社會評價，活出純粹屬於自己的熱情和嚮往，像一隻雪狐小被被，在夢與醒的邊緣，在童心和實用的交界，幻化一切，付出得非常實際，愛得極其認真。

主編的話

慢一點，少一點，靜一點……

黃秋芳

全球瘟疫，蝗災饑饉，澳洲、美西大火，國際間緊繃的內戰和種族紛爭，數不盡的痛病悼亡……，《時代》雜誌封面打上一個紅色大叉叉，封存「史上最糟糕」的二〇二〇年。因為失去得太多了，我們不得不學會珍視生命僅有，領略慢一點，擁有少一點，生活靜一點，反而咀嚼出更豐富的滋味。

時間的行走改變了流速，慢慢經歷，慢慢感受活著的每一天。靜一點、少一點、慢一點，成為溫暖的倖存密碼。遠從三月十九日開始，臺灣限制入境，這種迫不得已的「軟鎖國」，讓我們在國際崩亂中如一葉飄搖小舟，忐忑，不安，一路戰戰兢兢走到現在，是艱難的挑戰，也是獨特的機會，讓大家重新感受，安安靜靜在家，能夠平安相守，就是最美好的祝福。

1. 靜一點，心就亮了

接編年度童話選後，特別希望標示出這個特別年度的創作櫥窗。面對媒體有限，加上企畫寫作和系列童話擠壓了自由創作的發表途徑，規劃了「平安相守」童話邀寫，關上國門，我們在自己的小屋裡點一盞燈，暖暖的，沒有舞臺豔色，也沒有喧聲熱鬧，只是讓孩子們看得安心，也讓我們自己，素面相見。

回想起來，過去連續三年在《九十五年童話選》《九十六年童話選》《九十七年童話選》決審會議，我僅列席觀察，由孩子們自行表述和拉票。面對這一年無酬、限題創作、不一定入選結集，就算專心找尊敬又相熟的朋友，也覺得自己臉皮太厚了些。值得感恩的是，國界關門這天，寄出限定題目「平安相守」的小童話邀稿信，近晚就收到陳景聰溫暖的〈**春天的笑臉**〉，點起「平安相守，童話小燈」的第一線光亮；鄒敦怜的〈**聽，詩的聲音**〉，甜蜜得讓心都融化了；不斷冒出奇想的顏志豪，秒回〈**生日快樂，小橘熊**〉，還呼應了以《我們要去捉狗熊》深受臺灣讀者歡迎的英國童書作家Michael Rosen發起的「尋找小熊」運動，尋找自己的臉，一如人人在窗邊擺放小熊玩偶，讓孩子隨時看到甜甜軟軟的熊，不需要做什麼，就是安安靜靜，帶來一些不必說也能安心的小小安慰。

兒文所的牽絆，「法力無邊」。大起膽子邀約同班同學的點點星亮，綻放出異彩，在安靜的文學星空安撫著流離不安的心。經常得獎的黃培欽，用〈**平平安安的愛心樹**〉領著孩子們回到〈灰姑娘〉般的經典傳奇；蔡孟嫻的〈**螢火蟲**〉，帶著點民間故事的素樸穿越幽冥；好喜歡林美雲的〈**河童的守護**〉，藉著玄祕的傳說引出潔淨的水，淘洗疾厄，遠離病毒；亞平的〈**小田鼠和老山雀**〉，有一種沉默的力量帶著大家穿過憂傷原野；花格子極具現代節奏的〈**校園來了一隻豬**〉，天真淘氣的視野游移，提醒大家，少出門就不會替大家惹麻煩。

特別驚喜的是，沈秋蘭的〈**老樹和大象**〉，以及方素珍寄來的圖畫書原稿〈**音樂在哪裡？**〉，這兩篇充滿畫面的溫暖童年，成為創作坊低齡孩兒們的「最愛」。我們在教室裡講故事，這些稚拙又努力的學習、親密又相互理解的情誼和「百年愛不移」的溜滑梯，不斷成為孩子們創作時的回溫。

為了〈**小黑頭笑了**〉，和深情的妍音不斷書信往返，催生出一系列「童話創作課」的討論。黃登漢〈**平安，才能相守**〉的滔天洪禍，更是催促我們，重新思索生活的必要和慾望的節制。

最有趣的是，耀眼的「文壇雙林」，分別在不安的年代裡開出綻開笑渦的小花。幾乎獻身兒童文學的林世仁，在忙碌的搬家行程中先想好，萬一沒寫出來，有一篇筆記小說裡的舊稿可以備用，不過還是相信時間長，可以寫得出來，果然，〈**坑道驚魂記**〉湧現出一群又一群病毒小小兵，彷彿在紙間跳躍著一大串又一大串誰都聽不懂的神祕囈語：「高高在上」的林哲璋，這位中文系和法律系雙學位的高冷學霸，讓簡單又開心的平平和安安，在〈**平安相守**〉裡一直牽著手一起守下去，簡直成為平安吉祥物，連我都很想跳下來寫「平平安安」同人誌。

讀著收錄在自媒體「平安相守，童話小燈」http://mypaper.pchome.com.tw/joyhi5877/category/46裡的精彩作品，童詩童話作家山鷹這樣說：「秋芳老師登高一呼，好看有趣的童話故事源源不絕。」

我不敢掠美，只有無限感謝。這本書的結集，是因為每個人心裡都有一盞燈，想在這混亂時刻，做一點美好的事，安慰別人，同時也安頓自己，這才接生出機會，讓這些充滿個人理想的小童話，以動人的微光，「整隊」集合，用安安靜靜的力量，照亮黑暗，為這混亂的世界帶來一點點溫暖。

2. 少一點，唯願平安

庚子年，變動很大，年度童話選的小編輯也換了兩次，前後五位評審參與投票，孩子們好喜歡「平安相守」系列的所有童話，每一篇都成為掌心裡的寶貝，選擇和割捨，成為凌亂年代的遺憾拉扯。最後，我們不得不接受，少一點就少一點，唯願平安。

那些從文字虛空接生到人間現世的每一篇文章，即使不在這本書裡，也將在漫長的流光裡，閃現光華，在每一個剛剛好的時刻。

開場從「**愛與追尋**」開始。林佳儒充滿透明感的〈**初雪**〉，是一個又一個小宇宙不停的張望和醒悟；韓麗娟充滿母心神話原型的〈**月光**〉，帶著少女動漫的遊歷和對決，兩篇美形作品都深受歡迎。施養慧在〈**天字第一號情報員**〉裡的豐富意涵，從「影子」出發，在光和影中如跑馬燈快轉，後勁極強的卡漫節奏，一開始，讀者有點跟不上，隨著漫長的評選期，越來越能讀出不斷歧生出來的豐富；江福祐的〈**派大叔的戀愛物語**〉，集現代、頹廢、純愛、驚悚於一爐，喜歡和不喜歡的意見在兩極拉鋸，頗能撞擊出火花，走出童話新路。

到了「**溫暖陪伴**」，成為全書中最寧靜的風景。能寫又能畫的貓小小，用〈**太陽的金色別**

針〉發出光芒，照亮每個黑暗角落，在驚天奇想中表現出平淡日常的混亂和甜蜜；九十九年度童話獎黃蕙君久無新作，童話魔法棒一揮，就是一雙每個孩子都渴望擁有的神鞋，無論在比賽或考試都可以得獎的〈**幸運星**〉，高票洩漏了小評審藏在內心的願望。

這一年，我的「磨工」頗有收穫。剛在二〇一九歲末以短篇小說〈擔馬草水〉和長篇小說〈胡神〉獲文學雙冠王肯定的姜天陸，早已遠離童話創作，不過，我難過的時候很喜歡反覆讀〈擔馬草水〉那種淡淡的迴望和惆悵，不知道有沒有卸下的洞察和感傷，有一種現代人少見的「慢速」，好不容易，〈**山蘇之歌**〉誕生了，仍然這樣淡然而溫暖；還有天生的小說好手張友漁，近年來很少寫童話，這一年，從金鼎獎作品《壞學姐》冒出來的「魚小章」，和怪獸糾纏在一起，連續三篇怪獸組曲，當瘟疫全面臨襲抹平了地球上貧富貴賤的差異，〈**怪獸與地球人**〉的物種平權，好像也就不難想像了。

「**圓成缺憾**」這一章，有濃濃的失落、淡淡的悲傷、深深的感悟和淺淺的惆悵，極能撼動早熟的小評審。陳依雯藏在〈**二次運球**〉裡的絕望和悲傷，讓孩子們自覺地找到重新開始的勇氣，最有趣的創作起點是，臺灣真的有「二次運球」設計公司唷！將廢棄球類結合其他複合材質製作成「綠循環」的尖兵，重新建構「少一點，也不錯」的新世代規則；用功嚴謹的謝鴻文，扣住地景、風情、作家、作品，以及文字的魂魄，以〈**地藏王菩薩玩捉迷藏**〉向天地致敬。也許因為童年時鹿橋的《人子》讓人太震撼了，我一直糾纏在這種揉雜著純真和詩意的跨界小童話，無從掙脫，相信「只有好的文學，沒有兒童文學」，找到治學嚴謹的跨文類名家吳鳴，跨界書寫〈**平安夜的鐘聲**〉，呈現一種永恆的時空感，慢慢靠向經典童話的人文象徵，有後韻、能回溫，在舊傳統中注入了新世代中勉力求生的溫度。

很少出現在活躍現場、總是安靜地在寫作上翻新的陳昇群，不但「秒回」邀稿，還在住院時反覆惦著，幸好早就構思好了〈**偷帽子的浪豬**〉，最後附了短函：「真心謝謝你的邀稿，在這特殊的時日跟著您盡己之能分享一篇童話，是榮耀，也是幸運。真的是遲交了，唉唉！對不起。」這樣優秀又謙和的創作者，讓人特別尊敬，一直保留〈偷帽子的浪豬〉，直到文藝節才正式發表，浪狗浪喵浪豬，找到庇護就是「家」，何等簡單安靜的平安相守啊！是生動的好構想，也是溫暖的大悲願。

3. 慢一點，相守就好

創作坊粉絲頁從三月十九日開始，每晚增闢「夜深了，說個故事給你聽」的小童話專欄。每一天、每個節氣、每到值得祝福的節日，都搭配一則應景童話相應回甘。十個多月的故事專欄，從輪番上陣的名家邀稿、自由投稿、兒童創作，後來又在《崑崙傳說》出版後，聽孩子們驚呼黃帝怎麼這麼壞！啊，我其實不想把黃帝寫「壞」，只是覺得大一統的約束，很容易犧牲個人意志，忍不住商請梁書瑋提供二〇一七年開始為蚩尤和諸多惡獸翻案的「夢小妖」系列，連載成主題作家。

從鄒敦怜開始連續展出的主題作家作品展，感謝薩芙、邱靖巧、黃蕙君、許佩娥、山鷹、謝鴻文相續接棒，無酬提供了很多很棒的小童話，施養慧鍛古典風情轉鑄於在現代生活的精巧設計，很適合做各種特殊紀日的展示和提醒。

因為邀稿往返，見證了陳昇群和施養慧對童話創作的執著認真。我在作者彌封時交出臺中文學獎〈豬十二龜十三〉作品推薦，結合開心童趣和現代生活情調，把艱難破碎的混亂生活簡化成森林求生後形成嶄新的生活冒險，後來知道是陳昇群作品時，確信他真的是臺灣童話的精彩象徵；施養慧的〈小虎來了〉，從王母娘娘的蟠桃園和愛貓小虎這兩件寶貝說起，迷萌的深情庇護，精巧的淘氣逃竄，到最後總算在秋晚受制，秋老虎來了！成為這一年小評審們閱讀《國語日報》最喜歡的記憶，談起來嘴角邊都藏著隱密的微笑。

年度童話獎，盤旋在陳昇群的流浪動物和施養慧的友誼修行。他們這一整年的整體成績，不約而同在〈小虎來了〉和〈豬十二龜十三〉這兩篇帶著民間故事色彩的傳統土壤上，接生出新鮮生動的靈動角色和情感渲染，實在難分軒輊，直至〈小虎來了〉的淘氣比認真的〈豬十二龜十三〉更討好兒童思惟，**年度童話獎**，就先讓施養慧帶著她的「天字第一號情報員」，為我們揭露古典現代、天上人間的更多祕密情報。

歷史總是這樣神似地以橢圓軌跡慢慢重複著向前滾去。九十六年度童話獎，游移在亞平和蕙君之間，怕引起爭議，終究捨了我姪女兒蕙君，幸而三年後她還是從傅林統主編手上戴上桂冠，我相信，陳昇群的成績，日後定然不會被掩蓋。

二〇二〇年結束了，瘟疫還在流衍，搶先的疫苗存在著諸多風險，新的變種病毒又出現了。透過臺灣的童話櫥窗，我們看見一種深情守護的決心和力量，慢一點也沒關係，相守就好。最後的「**平安守護**」，從薩芙〈**當世界生病的時候**〉，展開孤島的佇立和深情的漂泊；蔡淑媖「初寫童話」的元氣淋漓，從一個可愛的口罩延伸出〈**遇見愛**〉的生死不悔；強占暢銷書排行榜、無所不能的鄭宗弦，時間行程忙得不得了，還是像個大天使，抓出〈**三位小天使**〉，讓罩罩、香香和嗶嗶化身成口罩、香皂、額溫槍，繼續照顧他所深愛的孩子們；獸醫師邱靖巧高密度的〈**雪狐小被被**〉，濃稠而多層次，帶著我們進入夢國，如幻，還真。

被視為「史上最糟糕」的一年結束了，我們留下許多記憶，慢一點，少一點，靜一點，咀嚼起來，特別有味道。一整年的童話關注，和創作者們往返討論、修潤，常常有一些動人的瞬間微光，照亮晦暗。準備揭開童年迷霧的向鴻全，經營獨立書店的夏淑儀，常淘氣地說要當我的「小學徒」的劉湘湄，往返了幾次文稿討論；史家余遠炫在悲傷年代寫不出童話，特別寫了〈那一年，西元一三四八〉回望黑死病；充滿「利他」情懷的小說家林黛嫚，跨界書寫少年小說〈今天要做什麼呢？〉，充滿溫暖的祝福。

還有一大片讓人期待的小花園，正在泥土的滋養中茁長著。謝謝少年小說作家陳沛慈、陳佩萱，愛畫畫的王金選、Ada和鄭雯芳，小說家凌煙、陳榕笙的跨界書寫，生活、工作兩頭燒的蕭逸清，寫字畫畫相聲無所不能的王家珍，竟還是棒球評審的蔡幸珍；文字極暖的黃雅淳，總在寂寞中藏著溫柔奇想的黃筱茵；從晚明性靈跨向兒童文學的「大老」許建崑；一輩子都是憤青的公視記者林燕如，我那愛作夢的妹妹黃詠絇，我的文青學生張育甄和紀怡箴……，以及曾經寄過稿子給我的每一個人，在年初時慎重盛接了這個悲傷年度的溫暖邀約。

不一定需要真的寄出稿件，光是願意「接住」，就是一種驚喜。讓我們相信，有這麼多人用童話點燈，把「平安相守」的大願，化成文字的守護，小童話的美好旅程，還有更多沒有說出來的餘韻，持續搖盪著……

稿件可以慢一點，人生可以緩一點。總有一天，從來不寫童話的人，寫出前所未有的創新視角；從來不想發表的童話種子，住在心靈角落暖暖烘著，無論這樣、那樣，都很好。

附錄

一〇九年童話紀事

謝鴻文 整理

一月

- 一至三十一日，為紀念二〇一九年十二月二十三日去世的兒童文學作家林良，臺北市立圖書館總館舉辦「永遠的小太陽」著作主題書展，展出六十六本林良的著作。
- 二日，臺北國際書展公布「二〇二〇年臺北國際書展大獎」得獎名單，最佳兒童及青少年類獲獎三本書中，童話有安石榴《那天，你抱著一隻天鵝回家》。
- 四日，林鍾隆兒童文學推廣工作室公布「二〇一九年度臺灣兒童文學佳作」推薦書單，十本推薦書籍中唯一的童話是安石榴《那天，你抱著一隻天鵝回家》。
- 十八日，兒童文學作家傅林統逝世於桃園。傅林統一九三三年七月九日生於桃園大溪，筆名林桐。國立新竹師院語教系畢業。獻身教育近半世紀，歷任小學教師、主任及校長，退休後仍不斷從事兒童文學創作和推廣。長期在桃園市文化局推展「兒童讀書會」，培訓

「兒童讀書會帶領人」，而有「說故事的校長」、「故事爺爺」之稱。曾獲中國語文獎章、教育部少年小說創作獎、洪建全兒童文學創作獎、金鼎獎等。著作有兒童文學論述《兒童文學的思想與技巧》；翻譯《歡欣歲月：李利安．H．史密斯的兒童文學觀》；少年小說《艋舺的祕密》、《河童禮》；繪本《神風機場》、《田水甜》；童話《傅林統童話》、《妙！妙！妙！開心國》等。

- 十八日，桃園市兒童文學館舉辦「閱讀講座：經典文學的奇幻旅程——愛麗絲夢遊仙境」，由汪仁雅主講。
- 十八日，中華民國兒童文學學會於兒童文學的家舉辦「小太陽與中華民國兒童文學學會——林良先生追思展」。
- 三十日至二月二十九日，桃園市立圖書館舉辦「傅林統校長紀念特展」，於桃園市二十八間圖書館內聯合展出傅林統校長兒童文學作品，並於桃園市兒童文學館內播放「說故事爺爺——傅林統」影展，緬懷傅校長傑出成就。

二月

• 三至五日，臺灣兒童文學學會於南投清境娜嚕彎民宿舉辦為期三天兩夜的「二〇二〇小鹿兒童文學冬令營」，邀請陳素宜、康原、陳景聰、方素珍、紀小樣、林世仁等人擔任講師，並有駐營作家許建崑、蕭秀芳、莫渝、徐江圖、黃玉蘭、葉斐娜等人擔任小組討論及綜合座談引言。與童話相關課程有林世仁「童心看世界——我的童話創作經驗談」。

• 二十三日，桃園市立圖書館於桃園市政府文化局舉辦「永遠的故事爺爺——紀念傅林統作品討論會」，由謝鴻文、馮輝岳、邱傑、林煥彰、陳木城、王清龍引言，會中並由桃園市長鄭文燦代獲總統褒揚令，同時接受傅林統校長家屬遵傅林統校長遺囑，捐贈百萬元給桃園市政府盼為持續兒童文學推廣扎根。

三月

• 十一日，臺東大學兒童文學研究所舉辦「高教深耕計畫系列講座暨工作坊」，由林文寶主講「從現代思潮的演進看幼兒閱讀」。

• 十八日，九歌出版社舉辦年度散文選、小說選及童話選新書發表會暨年度文選獎贈獎典禮。九歌一〇八年童話選分兩冊《早起的蟲兒被鳥吃》和《早起的鳥兒有蟲吃》，由林哲璋主編，與三位小主編黃晨瑄、葉力齊、謝沛芸共同編選完成，年度選入選童話作者有王宇清、廖智賢、周姚萍、陸利芳、康逸藍、黃脩紋、王美慧、鍩九九、黃文輝、劉碧玲、李柏宗、施養慧、楊福久、王家珍、王文華、朱德華、參玖、謝凱特、鄭丞鈞和管家琪。劉碧玲以〈回家〉獲年度童話獎，管家琪的〈搶救玩具店〉獲得小主編推薦童話獎。

・十九日，新型冠狀肺炎蔓延全世界，臺灣宣布國境封關這日，黃秋芳發起「平安相守，童話小燈！」活動，邀集各方作家提供一千五百字小童話，點一盞童話的燈，暖暖的，讓孩子們看得很安心，也讓我們自己，照亮前世今生，彼此素面相見。活動持續至十月八日，共邀集刊出陳景聰、鄒敦怜、林佳儒、蔡淑媖、林美雲、方素珍、韓麗娟、妍音、黃培欽、黃蕙君、江福祐、施養慧、沈秋蘭、薩芙、邱靖巧、陳依雯、顏志豪、亞平、鄭宗弦、貓小小、吳鳴、陳昇群、林茵、山鷹、蔡孟嫻、花格子、林世仁、林哲璋、謝鴻文、姜天陸、林黛嫚、黃登漢和張友漁等作家的童話；而後延續為每晚九點的「夜深了，說個故事給你聽」活動，從輪番上陣的名家邀稿、自由投稿、兒童創作，發展成主題作家作品展，鄒敦怜、薩芙、邱靖巧、黃蕙君、梁書瑋、許佩娥、山鷹、謝鴻文持續一整年，每夜一篇，直到年底。

・二十一日，國語日報社舉辦「閱讀學堂系列導讀活動」，由陳德泉主講「牧笛獎精品童話：眼鏡遊戲」。

・二十四日至六月十四日，桃園市兒童文學館舉辦「自然裡童心未泯的創作家——邱傑」展覽。展出邱傑歷年的作品與創作手稿、素描圖稿、新聞報導剪報、老照片等。

・三十一日至七月十四日，臺中作家典藏館舉辦「詩心與童心：趙天儀特展」，以作家趙天儀的事蹟及作品為引，彰顯他與臺灣文學及在地文史的深刻連結，以趙天儀的家庭生活、文壇活動與國際交流、出版著作、在故鄉臺中的文學足跡、趙天儀作品手抄稿等為展覽主題。

四月

・臺東大學兒童文學研究所舉辦「高教深耕計畫系列講座暨工作坊」，由海狗房東主講「我想把故事種在某人的心裡」。

・十一日，疫情緊張之際，世界各地的作家，陸續在網上朗讀、說故事，陪伴在家防疫的讀者。身為「防疫模範生」的臺灣作家，也該一起響應。沒道理我們的孩子只能聽外國人講故事。基於這個理念，兒童文學作家王淑芬發起的「童書作家講故事」，由王淑芬開跑，劉清彥、米雅、嚴淑女、王文華、林世仁、劉思源、顏志豪、貓小小、陳素宜、陳玉金、亞平、陳沛慈、李光福、花格子、賴曉珍、陳景聰、廖炳焜、陳榕笙、李明足、Kiki、林秀穗、周見信、黃郁欽、陶樂蒂、吳易蓁、游珮芸、林哲璋、岑澎維等人接力完成在臉書講故事的行動。

- 十七日，由臺北市立圖書館、新北市立圖書館、財團法人國語日報社主辦的「好書大家讀」二〇一九年度好書書單出爐，共有單冊圖書一〇三冊、套書二套七冊獲獎。文學讀物類B組獲獎的童話有：鄒敦怜《山海經裡的故事1：南山先生的藥鋪子》、張哲銘《山櫻樹下的新家》、林世仁、王文華等著《可以開始了嗎》、王軍《金雕獵狼》、徐國能《萬有解答貓公司的故事》、陳昇群《算盤法拉利》、王淑芬《貓巧可救了小紅帽》。
- 十九日，海峽兩岸兒童文學研究會出版的《兒童文學家》雜誌第六十二期起，改為電子書發行，主題報導「斯洛伐克紀行」，詳載二〇一九年七月，在斯洛伐克駐臺大使夫人梁晨博士策畫帶領下，臺灣兒童文學作家方素珍、陳玉金、陳思婷、李明足、陳素宜、林煥彰等一行人出訪斯洛伐克交流的紀實。

・二十九日，詩人、兒童文學作家、臺灣文學與美學學者趙天儀教授逝世。趙天儀一九三五年九月十日出生於臺中市，筆名柳文哲。臺灣大學哲學系研究所畢業。曾任臺大哲學系教授兼系主任、國立編譯館人文組編纂、靜宜大學文學院院長、臺灣省兒童文學協會理事長等。著作《兒童詩初探》、《兒童文學與美感教育》、《兒童文學的出發》、《如何寫好童詩》、《小麻雀的遊戲》、《變色鳥》、《西北雨》等兒童文學理論和童書。一九六四年創立「笠詩社」，出版《笠》詩刊，除了為新詩創造一個發表平臺外，更率先推廣兒童詩，在兒童文學領域的長期耕耘，不遺餘力。曾獲臺灣省臺中文藝協會自強文藝獎新詩獎、巫永福評論獎、行政院文建會文耕獎、大墩文學貢獻獎、臺灣文學家牛津獎，文學成就斐然。

・二十九日，第三十二屆信誼幼兒文學獎揭曉，文字創作獎首獎從缺，李威使《我是說真的》獲得文字創作佳作獎。

五月

・二十七日，臺東大學兒童文學研究所舉辦「高教深耕計畫系列講座暨工作坊」，由周月英主講「社群媒體時代的閱讀與書評」。

六月

・六日，國立臺東生活美學館主辦的「臺東詩歌節」於鐵花村音樂聚落有閱讀、野餐、詩歌走讀小市集等活動之外，還有在晃晃二手書店舉辦的「文學沙龍」，由蔡宜容主講「你敢驚擾宇宙嗎？談《在我墳上起舞》的狂亂與秩序VS.《喚醒世界》中女性童話角色的覺醒與轉變」。七日，「編輯沙龍」由小魯出版社小魯姊姊主講「翻書而入——白希那真實夢幻的童話世界」。

・十七日至九月八日，桃園兒童文學館舉辦「帶著桃園兒童文學翱翔的許義宗教授」展覽。展出許義宗歷年的作品與創作手稿、新聞報導剪報、紀念照等。

七月

- 一日，林哲璋的童話《神奇掃帚出租中》翻譯成斯洛伐克語在捷克、斯洛伐克等國家出版。
- 十一日，桃園市立圖書館為紀念五月十六日辭世的小說家鍾肇政，五日起分別於桃園市內各圖書館分館舉辦「傳唱插天山之歌：共下來讀鍾肇政」十場讀書會向鍾肇政致敬。本日第二場讀書會，由謝鴻文主講「鍾肇政為孩子說的故事」，討論了鍾肇政由臺灣省政府教育廳出版的「中華兒童叢書」：《姑媽做的布鞋》、《第一好張德寶》兩本改寫的民間故事。
- 十五日，一〇九年度教育部文藝創作獎揭曉，教師組童話得獎為：特優林佑儒〈梅樹上的流星〉、優選范富玲〈那曾經美好的一天〉、優選王宇清〈星星餐館的婆婆〉、佳作鄭丞鈞〈紙片人W〉、佳作方鴻鳴〈噴嚏兔〉、佳作嚴謐〈玉環公主與飛燕王子〉。
- 十五日，九歌出版社創辦人蔡文甫逝世。蔡文甫生於一九二六年江蘇鹽城，曾任《中華日報》副刊主編二十一年，培養了許多文學創作者。一九七八年創辦九歌出版社，編務之餘，蔡文甫亦書寫不輟，著有長短篇小說集《雨夜的月亮》、《沒有觀眾的舞臺》、《解凍的時候》、《小飯店裡的故事》等書，曾獲優良圖書金鼎獎及金鼎獎特別獎。後又創設九歌文教基金會為文學服務，創辦國內唯一的九歌現代少兒文學獎，鼓勵臺灣少年及兒童文學作品創作。九歌出版社二〇〇三年起在年度文選中加入童話選，鼓勵本土童話創作，並持續由學者徐錦成策畫編選作家童話選集，對當代臺灣兒童文學貢獻良多。

八月

- 一日，詩人及詩評家岩上逝世。岩上一九三八年九月二日生於嘉義，本名嚴振興。著有《激流》、《冬盡》、《臺灣瓦》、《愛染篇》、《走入童詩的世界》等書。曾任《笠》詩刊主編、臺灣兒童文學學會理事長，曾獲吳濁流文學獎、中興文藝獎章新詩獎、中國語文獎章等獎項。
- 十七日，愛學網Live直播室「名人講堂」序幕由林哲璋登場暢談童話。
- 十七日，中華民國兒童文學學會於兒童文學的家舉辦「二〇二〇兒童文學寫作培力工作坊」，本日工作坊由林哲璋主講，接下幾天分別是十八日亞平主講、十九日林世仁主講、二十日陳素宜主講、二十一日陳玉金主講。

・二十四日，文化部公布「第四十二次中小學讀物選介」入選書單，本次評選共分八大類：圖畫書類、自然科普類、人文社科類、文學類、文學翻譯類、叢書工具書類、漫畫類、雜誌類，共有二九四家出版社報名參選，由三七三五種參選讀物中精選出六四二種，文學類入選之童話有：賴曉珍《好品格童話7：小鱷魚別開門》、亞平《貓卡卡的裁縫店2：河馬夫人的禮服》、王文華《臺灣民間故事嬉遊記套書（全四冊）（1.青蛙點天燈／2.大臣奉旨吃飯／3.白油漆學說謊／4.傻瓜變城隍）》、徐國能《萬有解答貓公司的故事》、王文華等《超馬童話大冒險1：誰來出任務？》、周姚萍等《一百個傳家故事套書》（1.蘇格拉底的智慧／2.快樂王子不快樂／3.海底城市／4.金窗子）、張哲銘《早安森林1山櫻樹下的新家》、王宇清等《動物星球偵探事件簿》、陳昇群《算盤法拉利》、哲也《小火龍大鬧恐怖學園》、王文華《小狐仙的超級任務5：飛天龍有懼高症》。

九月

・四日，二〇二〇年吳濁流文藝獎揭曉，兒童文學（童話）組得獎名單為：首獎陳秋玉〈我養了一片雲〉、貳獎王美慧〈臭臉巫婆的微笑〉、參獎嚴謐〈黑兒的祕密〉、佳作張英珉

〈修玩具的老醫生〉、佳作范富玲〈里長伯的散步密語〉、佳作何志明〈謊話島〉。

‧四日，疫後的臺灣童書界，一項被媒體喻為「童書報復性出版計畫」的重大出版事件，本日大好文化總編輯胡芳芳在記者會上宣布，將與名聞兩岸三地的兒童文學作家管家琪聯手合作推出《管家琪作品集》，第一個三年計畫預計出版三十本書，首發七部作品已經問世，包含童話、少年小說與作文教學書，童話代表作《新・怒氣收集袋》、《新・口水龍》皆換了新風貌再版。

‧十一日至十二月二日，桃園市兒童文學館舉辦「愛與勇氣，用故事冒險的孩子王黃登漢」展覽。展出黃登漢歷年作品與校刊手稿、獎牌與剪報及老照片。

‧十二日，中華民國兒童文學學會於兒童文學的家舉辦「石頭湯讀書會系列活動」，由蔡淑媖、白其賓、董彥霆主講「說故事技能訓練——蜘蛛人安拿生」。

‧十二日，高雄臺鋁書屋舉辦閱讀素養小學堂講座，由岑澎維主講「用神話故事，成語小劇場打造語文素養力」。

‧十九日，新文化運動紀念館舉辦專題講座，由游珮芸主講「日治時期的寫作課：臺灣文學少女，黃鳳姿的故事」。

‧二十九日，陳素宜以《S161103》獲得中國《十月少年文學》雜誌舉辦的第二屆小十月文學獎童話佳作。

‧三十日，二〇二〇鍾肇政文學獎揭曉，童話組得獎為：正獎張英珉〈沙漠小狐狸薛比〉、副獎林千鈺〈逃出壞孩王國〉、副獎陳麗芳〈打呼公主〉。

十月

‧八日，一〇九年度桃園市兒童文學創作獎得獎名單揭曉，成人童話故事組得獎名單為：第一名李光福〈鼠年，鼠國的那些鼠〉、第二名何志明〈快樂島〉、第三名黃秀君〈寄居蟹的夢想家〉。

‧十日，中華民國兒童文學學會於國立臺灣圖書館舉辦「林良先生作家與作品研討會」，會中有八篇論文發表，與童話相關有：葛容均〈林良兒童文學相關論述於二十一世紀兒童文學界之省思〉、盧燕萍〈林良給下一輪臺灣兒童文學盛世的備忘錄〉。另有一場林文寶主題演講「林先生與兒童文學」，以及林世仁、趙國宗、馮季眉和蔣竹君的綜合座談。

‧十七日，中華民國兒童文學學會於兒童文學的家舉辦「石頭湯讀書會」，由曹俊彥主講

「煮一鍋故事小道具的石頭湯」。

・十八日，林鍾隆兒童文學推廣工作室於桃園市楊梅區方圓書房舉辦「紀念林鍾隆逝世十二週年講座」，由謝鴻文主講「交會在林鍾隆與傅林統童話創作美麗的初心」。

・二十一日，第十九屆國語日報兒童文學牧笛獎得獎名單揭曉，首獎從缺，第二名鄭丞鈞〈九顆橘子〉、第三名楊紫汐〈小陶狗的旅行清單〉、佳作何郁青〈富雪奶奶的家族合照〉、張牧笛〈雪山的深呼吸〉、雷婷〈狐狸的電話亭〉。

・二十四日，中華民國兒童文學學會於兒童文學的家舉辦「石頭湯讀書會」，由邱各容主講「臺灣兒童文學簡史」。

・三十一日，中華民國兒童文學學會於兒童文學的家舉辦「石頭湯讀書會」，由桂文亞主講「『讀』與『寫』的一堂課」。

十一月

・七日，中華民國兒童文學學會於兒童文學的家舉辦「石頭湯讀書會」，由洪文瓊主講「從橋梁書談童書的分類與閱讀」。

•十四日，中華民國兒童文學學會於兒童文學的家舉辦「石頭湯讀書會」，由林武憲主講「故事和詩歌的結合」。

•十四日，國立臺灣文學館於臺灣文學基地（原齊東詩舍）舉辦兒童文學與人權講座，由林蔚昀主講「你還記得自己的童年嗎？——從兒童文學看兒童權利」。

•二十七至二十八日，臺東大學兒童文學研究所舉辦「二〇二〇兒少文學與文化研討會：活在E時代」，專題演講由曾志朗主講「閱讀強化孩童的認知能量」，論文發表十五篇。

•二十八日，中華民國兒童文學學會於兒童文學的家舉辦「石頭湯讀書會」，由許建崑主講「跨越歷史與故事的藩籬」。

十二月

•十九日，臺南吾家書店舉辦「閱讀自然」系列講座，本日邀請陳素宜主講「故事後面的故事——談生態童話創作」。

•二十三日，第九屆臺中文學獎揭曉，童話組得獎名單為：第一名：王麗娟〈牆壁壞壞〉、第二名陳昇群〈豬十二龜十三〉、第三名陳麗芳〈從地球飄來的一本書〉、佳作王昭偉

〈武士與魔法師〉、康逸藍〈試吃達鼠〉、呂登貴〈大鐵桶與喵〉。

• 國立臺灣文學館出版《閱：文學》第六十九期，製作「探索兒童文學樂園」專輯，收錄許喻理〈童話與插畫的盛宴：波隆那書展、上海國際童書展〉，還有臺灣兒童圖畫書發展、兒童閱讀等面相討論的文章。

年度紀事線上版

九歌 109 年童話選之平安相守

Collected Fairy Stories 2020

國家圖書館出版品預行編目（CIP）資料

九歌 109 年童話選之平安相守／黃秋芳主編；吳奕璠、吳嘉鴻、陳和凱、劉彤渲、蘇力卡圖 . -- 初版 . -- 臺北市：九歌出版社有限公司，2021.03

176 面；14.8×21 公分 . --（九歌童話選；21）

ISBN 978-986-450-330-8（平裝）

863.596　　110001582

主　編——黃秋芳、徐丞妍、張芸瑄、簡郁儒
插　畫——吳奕璠、吳嘉鴻、陳和凱、劉彤渲、蘇力卡
執行編輯——鍾欣純
創 辦 人——蔡文甫
發 行 人——蔡澤玉
出　版——九歌出版社有限公司
臺北市 105 八德路 3 段 12 巷 57 弄 40 號
電話／02-25776564・傳真／02-25789205
郵政劃撥／0112295-1

九歌文學網　www.chiuko.com.tw

排　版——綠貝殼資訊有限公司
印　刷——晨捷印製股份有限公司
法律顧問——龍躍天律師・蕭雄淋律師・董安丹律師
初　版——2021 年 3 月
定　價——300 元
書　號——0172021
I S B N——978-986-450-330-8

＊本書榮獲 台北市文化局 Department of Cultural Affairs Taipei City Government 贊助出版＊